我行我素

以我手
写我心

伊人 著

国际文化出版公司
·北京·

图书在版编目（CIP）数据

我行我素 / 伊人著 . —— 北京：国际文化出版公司，2022.11

ISBN 978-7-5125-1463-8

Ⅰ．①我… Ⅱ．①伊… Ⅲ．①诗集-中国-当代②散文集-中国-当代 Ⅳ．① I217.2

中国版本图书馆 CIP 数据核字 (2022) 第 187129 号

我行我素

作　　者	伊　人
图书策划	崔付建　秦国娟
责任编辑	侯娟雅
特约编辑	王　萱
封面设计	塔　拉
出版发行	国际文化出版公司
经　　销	全国新华书店
印　　刷	三河市华东印刷有限公司
开　　本	787 毫米 ×1092 毫米　32 开 5.875 印张　　　　　150 千字
版　　次	2022 年 11 月第 1 版 2022 年 11 月第 1 次印刷
书　　号	ISBN 978-7-5125-1463-8
定　　价	48.00 元

国际文化出版公司
北京朝阳区东土城路乙 9 号　　　　邮编：100013
总编室：(010) 64271551　　　　　传真：(010) 64271578
销售热线：(010) 64271187
传真：(010) 64271187-800
E-mail: icpc@95777.sina.net

一个忧郁的流浪诗人
一个爱生活、爱孩子的妈妈

"君子素其位而行,不愿乎其外。素富贵,行乎富贵;素贫贱,行乎贫贱;素夷狄,行乎夷狄;素患难,行乎患难。君子无入而不自得焉。"

——西汉·戴圣《礼记·中庸》

序

陆 健

在出版此书之前，伊人一直在"以心传心""我行我素"之间掂量，哪个做书名更合适。我觉得还是"我行我素"更妥帖。"我行我素"并不是张扬或自以为是。伊人的这些诗歌，确实是"我行我素"的表达。读者从字里行间，能看到、能感觉到一个持有爱心的人做人的不易。善行与爱心在生活中并不总是能得到相应的回馈。爱心每每是要付出代价的。但伊人痴心不改，执着于她的善念与爱心。佛家说要去执念，可唯有这样的执念，才能温暖你我，温暖世间。

伊人的诗作是爱心的外溢。爱自己，对自己尊重；爱别人，祝愿一世同行、偶然相遇的人们安好；对内蒙古草原的眷恋，深情款款。

诗中既怀抱了天下大爱、怜悯慈悲，比如"我从花下走过／花的芳香沐浴过我／我从初夏的暮鼓声中走过／向杨柳枝上的燕雀温婉告别"(《旧日》),携着浪漫主义诗歌的余韵;"五月的鲜花从四月开始就盛开／不经意间也无大碍／日子呀／你从立夏开始便傲娇"(《五月天》),又表达着感恩的、欢快的少女情怀,比如"一个人朝左走向夜空变成一颗星／照耀着另一个人的前程／一个人朝右追寻往日的平静／爱情的骤雨浇灭了曾经的海誓山盟／蓝色的鸢尾花此刻已经怒放不再寂静"(《蓝色的鸢尾花》),还透露出了现代人面对不确定性的复杂心态。"把思念倒在酒杯里怀念爱情里的模样／他将爱情里的故事拿起来又放下地掂量"(《一切都是最好的安排》),"我只想说我爱这个世界／和所有我的遇见"(《往后余生》),这首诗中有较为具体的细节表述,"唯有生命与爱不可辜负"(《将爱献祭》)。从这些句子中,我们可以"略知"那个叫作伊人的女子。

  伊人诗作的灵感来源难以简单归纳,多数是"不期然而然",奇思妙想肯定不是憋足劲想出来的。也许这才是文学理论所说的电光石火——灵感。我们不妨先浏览一下作品目录,由此得知:有来自某一个具体意象的、某一倏忽而至的意绪的,某一回忆之思、念想之痛的,某次偶遇,莫名的痛楚,有时仿佛蒙古族的长生天突然在眼前、在头顶,一股豪气,一杯烈酒,于是文如快马或无语凝噎,花卉簇簇竞相开放,泪痕点点化作诗行。这本书中,诗集仅包含了伊人创作的一小部分,是她异于他人的对生活的感受、理解。比如"爱情里最好的错过/就是彼此凝视的眼眸里闪过的痕迹/有一天倏尔不见"(《往后余生》)。您见过这么写"错过"的吗?反正我没有。"消耗我祖先的魂灵/浑浑噩噩地过日子每天走着瞧"(《关于……》),"我所有的至高无上的爱恋/都是源于没有结果的高尚/倒是感谢那些站在原地不动的男人"(《无题》)。心绪太复杂了,它藏匿了一段相当曲折的故事,自己的故事加上别人的故事,包括人格的坚守,精神的升华,等等。

　　诗歌的才能在相当的程度上是诗人创造意象的才能。伊人于此有不凡表现。简单举例,"旧日的时光将我的孤独罩在千里苍莽"(《我在苍穹之上》)。视野宏阔,念天地之悠悠。"那穿指的黑发便生出些暗愁"(《往后余生》)。穿越时空,与李清照切磋诗艺吗?"我的蜗居幽禁在最高贵的名字里"(《无题》)。远喻之美,令人惊讶、惊艳的想象力。还有我不久前读过的她的另一部诗集《自言自语》(内蒙古文化出版社2020年3月版)中的"河堤的胸膛铺满了承诺"(《天与地》),"我的笑靥如花儿般地绽放/细数岁月的流光溢彩/低头将爱/定格在/一面回忆的墙上"(《心香》),"时光/伫立在寂寞里等待/电线杆旁的影子斜看着无奈"(《时光》),如此甚为频繁。这便是我们作为读者的享受。我们应该向它们的作者表示谢意。

《我行我素》分作"小诗"和"小文"两部分,这和《自言自语》相同。我不清楚作者为何做这样的安排,显然并非诗作数量不足的原因。一本书中有一些让读者去品味、去猜的东西,也挺有意思。

伊人是诗人,以商业活动作为稻粱谋。有了就写,想写就写。"我手写我心",不为诗名所累,不被虚荣蒙住脸——而去面壁苦吟。诗神是喜欢这样的写作者的。

2022年2月15日

(陆健:中国传媒大学教授 硕士研究生导师
中国作家协会会员 中国诗歌学会理事)

小 诗

003	爱你在冬季
005	爱的同心圆
007	行走的思念
009	空白的心
010	沙漠雪
012	蓝色的向往
014	山楂树之恋
016	温柔的爱
018	浮云的世界
020	天真的人永远活在童话里
022	过客

023	生命的殿堂
025	不负这一场思念
027	最冷的夜和最烈的酒
030	有热情的惦念
032	初开的情窦
034	五月天
036	城里的乡下的
039	旧日
040	我在苍穹之上
042	一切都是最好的安排
044	往后余生
046	人啊！人生
048	将爱献祭
050	我只是一片叶
052	今夕秋夕
055	缘分天注定
058	无题
060	悲秋
062	失恋
064	梧桐树

065 | 被思念
066 | 关于
070 | 无题
072 | 致画家
074 | 表白
076 | 蓝色鸢尾花
078 | 生活
079 | 迷迭香的记忆
080 | 归
081 | 思念
083 | 我 你 他
085 | 梦

小 文

089 | 初春的呢喃细语
091 | 我和大自然
093 | 朋友是谁？谁是朋友
096 | 雾雨浓情
100 | 仲春的感动

102	2月13日生日随想
104	我行我素
106	生命的感悟
109	太阳陪着你飞逝，如何？
111	秋雨是谁的眼泪在飞？
113	春游凤凰岭
116	行走
119	悲秋喜秋
122	2020年寒露遐想
125	感怀秋的北京城
128	有梦有思
131	春之梦
133	秋咏
135	桂香月圆
137	生命的觉醒
139	幸福是一种能力
141	如果
143	朱家角之游
146	秋悟
148	风雪余音

151	遇见
153	时间就是生命
156	有"情侣路"的城市
158	活在当下
160	由"吃"想到的
162	由"梦"想到的
164	我想为爱而活
168	给热爱诗歌的人
170	后记

小 诗

爱你在冬季

我爱这世界

爱这世界的寒冷和温暖

我爱这世界

爱这世界的诋毁和赞誉

我爱这世界

爱这世界的和平和安稳

我爱这世界

爱这世界的混乱和无情

我爱这世界

爱这世界的春夏秋冬

我爱这世界

爱这世界的每一个人

也包括你
在皑皑的冬季
在银装素裹里打马驰骋

呼伦河上的冰雪哟
我常在梦中思念你
快把我的思念封存
当我想你时
将这洁白化为永恒……

爱的同心圆

我在生命的更替中修行
你问
为何不愿天马行空?
我说
生命的残喘里有我心路的历程
大地的坚实才让我更加安静

我在生命的隧道中独行
由北向南 又从南向北地行
来和去
归和回
一样的旅程
不同的是心境

我留一双褐色的眼睛

静静地聆听你的心音

每次都那么拘谨

我要用我的心定一个圆点

站便站成永恒

圈你的心做一个半径

将思念狂卷成一股飓风

却被你酒窝里的甜蜜化解成绕指柔的温情

如果两颗心可以变身成一颗一颗的星星

在天际间永恒

我们都要眨着幸福的眼睛

我要用一双褐色的眼睛

一直聆听你的心音

行走的思念

淅沥的雨
只在南方的日子里哭泣
那柔情似水的眼眸
穿过重叠的云层告诉我
来吧！到南方的日子里来吧！
那里有深情的告白和凝望
那里有默默守护的执着和善良

于是
我笑了

乘着没有歌声的翅膀
披着紫罗兰色的氅袍
行走在路上……

我行走在路上
也念念不忘
像大鹏一样的翅膀拥抱过的怅惘

淅沥的雨啊!
只在南方的冬日里
赶走阳光
不像北方的冬日那样
任凭艳阳的热情
也暖不过季节的疯狂

我走了
从北方来到南方

将牵挂轻捻成线
缠绕一颗心
挂在北方……

空白的心

辛丑年 辛丑月 甲子日 甲子时
元月十一日 腊月初九
"辛丑甲子双相逢 天地日月放光明"
百年一遇 千载难逢

而我只有一颗空白的心
和一双褐色的大眼睛
站在你面前
像一个小女生

你黑眸里的光芒
笑意盈盈
你柔软的唇贴近我的心灵
舌将在空白里舔舐
往后余生……

沙漠雪

冬日的荒漠
也有甘泉
那是腾格里
酣睡的沙漠里漫漫的积雪
骆驼
走了几千年
将雪驮在峰间

我坐在有咖啡的店
卡布奇诺还是焦糖拿铁
都一样让我和腾格里相牵
沙漠覆盖着厚厚的白雪
奶油丝滑着混进咖啡的怀念

我想吞咽下这样的苦和甜

像躺在腾格里沙漠的边缘

迎朝朝暮暮

看岁月变迁……

蓝色的向往

清晨的时光

谁在飞翔

天空都献出湛蓝披在肩上

忧郁的蓝惊扰我倏尔不见的面庞

我呆呆地望

注目大地的方向静守着善良

灵魂在 39.4° 至 41.6° 间飘荡

血管也在贲张

东灵山的雀儿欣喜若狂

翅膀像往年一样轻盈

枯木逢春

还那么神采飞扬

闲云野鹤啊

何不掠过阳光来此停留片刻

将朝阳与远方放在头顶瞻仰

细眯着眼睛我要细细地想

将云海的名字来回喊着咂摸相望

或捧一掬清水将它变成花的模样

一样湛蓝如 39.4° 至 41.6° 之间的天空一样

在恹恹中奢望

花开花谢的过往……

山楂树之恋

五月的风将时光轻拂
初夏的阳光灿烂了笑容
你在山楂树下的身影
依然清纯

白的花依然高贵
将朵朵矜持散落在绿的叶子间

白的纯洁与绿的新生
一样没有哀怨
山楂树下的两个身影
将爱情书写得过于纯粹了些

山楂树下的恋人

如今只剩一人
你独自站在树下,
有没有怅望遥远的记忆
将心中的千千结穿起?

温柔的爱

所有的爱都应该被温柔以待
如大地把胸怀敞开
让果实熟落在秋日里的臂弯
将绵绵的思念紧贴着耳鬓厮磨着诺言
风
从不甘寂寞
朝露
沁人心脾
日子繁复
在时光的漏斗中爱被召唤
七月才姗姗地来

七月嘤嘤地也温柔起来
燥热不再 鸟儿才悠闲起来

脆亮的声音

叽喳叽喳

昨夜的星河没有了灿烂

月亮被夜温柔地隐藏起来

白杨树的身姿朗朗

那是爱神将咒语释放

你爱便爱得有了担当

堕落的雨滴落在我的脸上

和我的泪水一起流淌

从此

我的心也如这大地一样宽广

七月的第七个秋日

我将私语诉说给温柔的晨光……

浮云的世界

那么湛蓝的天

谁曾见过

浮云飘过寂寞行走的路上

将秋的清爽

抛在脑后

蝼蚁趴在哮喘的枫叶上

追赶时髦的女人们将殷勤谄媚

擦拭过你心底的忧伤

你心怀着恐惧

假笑的皱纹里尽显着卑贱

我却从未离开过

大地的温暖

每一步都虔诚地朝向灵魂飞渡的方向

心底的一抹温柔

将嘴巴焐热

鼻子也屏住呼吸

只留下眼神

孤独着却从不四处张望

只这样

也无哀怨的想

只待惊鸿一瞥

将热切留在这世上……

天真的人永远活在童话里

我用太过认真的眼神
凝视过你
如童话里的爱情故事永远坚不可摧
夕阳下的玉兰花依然天真地哭泣
那是七月里的暴雨戕残岁月的洗礼
爱！哪有那么容易！
炽烈的寂寞从不会顾忌理想的残垣断壁
别有用心的幼芽
足可以摧毁未泯的童心构筑的精神堡垒
说出来的思念未必是深情
未说出的怎么确定是虚无的浮名？
爱情太遥远
远到不可触及的思念
如游丝般的肤浅

伪善的面孔充满激情和怜

对和不对的遇见一样无数次地重现

眼花缭乱的世界

终抵不过贪欲的一鼓作气

爱情永远是童话

被现实残酷地嘲笑过唾弃了结局

泪眼婆娑的殷切只有滴血的惨痛翻新书写过的情节

那些曾经崇高过的生命

也被卑贱倾覆了誓言

习惯了的生活就是欺骗

一个不长心眼的女人

眼里充满了无助……

过 客

一夜无梦
是因了前世的今生
我的诗歌用了你的名字来命名
安然的心
枕着岁月浆洗过的青春
一步一个脚印
轮回了一场过客的命运
我忍不住发笑
我是我 你是你
行色匆匆也终究被钉在一隅
像旋转木马的命运
转啊转啊
直到眩晕……

生命的殿堂

我在这圣洁殿堂里的孤寂中瞭望东方的
太阳
在无声的叹息中缅怀生命的过往
漠然的低眉将垂泪变成冰柱不化
发誓千年不化
任凭那太阳升起和落幕时天崩地裂也不化
圣殿里的感伤让热血沸腾的豪情踔厉奋发
飘逸的纱幔狂舞着在烈焰中也要呐喊!
我将生命的火种擎举起来羁押着向往
理想的山巅
将理想燃烧后的灰烬飞扬
随风而逝
在寂静不语的雪地上默哀
向悲哀默哀吧!

洁白的雪啊!

和一样洁白的灵魂融为一体

踯躅不前的感伤有何力量将梦想绽放!

将化为灰烬化为尘埃的

还有深切的期盼

一同雪藏

当东方的太阳再次升起时

当那光炙热到燃爆起来时

再将我融化……

不负这一场思念

淅沥的雨啊
只在南方的日子里哭泣
那柔情似水的眼眸　告诉我
到南方的日子里来吧!
深情的告白和凝望
默默守护的执着和善良
都滴着眼泪哟

我笑了吗?还是该痛哭啊
乘着没有歌声的翅膀
披着那寂寞在路上……
我孤独地走在这路上
也念念不忘
像大鹏一样的翅膀

拥抱过的怅惘

那淅沥的雨啊!
只在南方的冬日里哭泣呀
别赶走我的阳光
像北方的冬日那样
任凭艳阳的热情
暖不过季节的疯狂
我只能寂寞在路上……

最冷的夜和最烈的酒

只有最冷的夜

才会让归途变得温暖

含情的眼神

充满了魅惑

这个世界让欲望睁大了眼睛

幸亏我的眼里只留下了纯真

沟壑幽深的艰涩留给了疼爱我的人

无邪才是最大美的风景啊!

多少人将它作为人生最崇高的巅峰

我将生命的嘶吼只留给这最冷的夜里最烈的酒盅

只有那灼热的暖流才会让人动情

干杯吧!朋友

不管你坐在我的对面
还是坐在我的身边

不管你用猎枪抵着我的头颅还是胸膛
我不会因为懦弱和胆怯失去我的尊严!
也不因俗世而放弃我的信念
我将永生善良
我的尊严!我的信念!
只在我的眼神里流淌……
即使落泪也很滚烫

有那么多人 萌生如何活着的理想
我不羡慕也不唾弃他们的样儿
我只想在最冷的夜里
酌一杯最烈的酒

我的一双儿女
盈盈的笑语或是蹙眉凝望
抑或撒个娇卖个萌

我便会在最冷的夜里

暖一壶浊酒

只为独享这岁月流逝的光阴里

妈妈才会有的舐犊之情

我只在最冷的夜里

才会想起曾经的拥有……

有热情的惦念

谷雨过后
便没有了你的影子
晌午的时候燕子的啁啾不再有清凉
你的发间
有我疼痛的目光
就像海棠花隐匿了眼睛里的心甘情愿
听着让人怅惘
你的笑里
暗藏着酒窝里的春天
院子里的杂草疯也似的丛生
将梨花谢落的娇柔放进酒杯

酣醉后还要执杖天涯
沉默的宣纸上走笔

纶巾羽扇上飞舞着江山

门里门外的热情都留给了脚步
快乐的笑声将太阳都不免吸引
脑门上的油亮就像是光环
直晃我的眼睛
爱尔兰人的热情穿越草原莽莽的红尘
将书本里的文字揉碎
种在天地之间
我怀念你
在我的指尖上在我的信笺里
只记下格子里最古老的跳动的字节
似乎还有你咬指的刹那间眼神里的温暖

初开的情窦

我没出息的样子
真让人伤心
看见心爱的姑娘
不敢上前搭讪还故作镇定不时还要来点彷徨

姑娘的脸庞
竟自顾自美丽
全然不顾我忧伤的心事里
隐没衣香鬓影的繁华场中
并不那么潇洒地转身

我一转身也许就是今生
眼神里的火热气氛怎么还不能将你吸引?
既然你并不动心

我知道

我一转身就会是此生

我喜欢的姑娘哟

你怎么只顾瞪大你的眼睛风雨兼程

自顾自地美丽　无暇顾及别人

即使

脸颊上的红晕也让人不能当真

我没出息的样子

真让人伤心

情窦初开时遇见的那个人是最让人伤心的

事情

而我　今夜只想她一人……

五月天

是风先入为主
最早抵达北平的夏
北方的沙尘暴喧嚣着五月天的烦躁
五月的鲜花从四月开始就盛开
不经意间也无大碍
日子呀
你从立夏开始便傲娇
对那些还穿着厚衣衫的鸟儿们
继续故作清高

五月天
暮日被朝阳冷落
心事都藏在每夜里恍惚的瞬间
我把秘密放在灯下从指缝中滑落

埋入地下从不说

五月天
陈旧的故事丢给春
燥热时躲在冷气房里盼望着秋天

秋天如果到了
愁是旧愁
人是新人吧?

城里的乡下的

我从乡下来
尚不知城市的味道
mojito 里的浪漫让睡梦昭昭
繁花似锦的街头星星从不寂寥
碧柳青青还不懂羞臊
扭扭捏捏地还在飘啊飘

我那么古老
哪懂街头可以拥吻
让路灯傻傻地瞧啊瞧
心跳

可我却又那么年少
天真到牵着手还要蹦蹦跳跳

真想做个漂泊的梦

开着敞篷的车让流光溢彩也丰饶

二环三环四环五环

充溢着咖啡和红酒的味道

when a man loves a woman 告诉我

一切都被混淆

宴会的开胃酒从火星说到妈妈的味道

不喝

有人也会形骸放纵

喝了

一杯两杯三杯四杯

便激荡起游子的心潮

像失重的星辰坠落

散在天涯海角

至于我

还是那么傻傻的

融入不了这城市的边边角角

但我会为众生祈祷

这世上该有的还没来的

都不悔宿命的不期而遇

你不必愁苦爱情里的悲欢离合

你将在梦里千万次徘徊

归来依然年少……

旧 日

我从花下走过
花的芳香沐浴过我
我从初夏的暮鼓声中走过
向杨柳枝上的燕雀温婉告别
依然是从前比翼过的那两只吗?
　卿卿我我
从前的日子走过
就再没有了我……

我在苍穹之上

我在苍穹之上
插上了金属的翅膀
从最北方到最南方
把希望寄托在太阳织出的霓裳

曾经的一个梦
在苍穹之上
旧日的时光将我的孤独罩在千里苍莽
宙斯　天空的王
所向的地方挥动羽氅
于是云浪筑起白色的屏障
翻滚着激情涌动着日月和霞光

不曾迷茫的心总还是要表达自己的愿望

谁阻隔我与大地深情地凝望
行云的路径竟然无言地缓缓流淌
思念的黑洞下
陌上归人已不习惯独自彷徨

日月山河照 鹤鸣九皋外
穹庐时而阴郁时而忧伤
我时而打盹儿时而清醒
撷一片流浪的会舞的云吧
在霓虹灯下
将重逢泪染倾城后的时光

一切都是最好的安排

这世上该有的还没来的
是诗人的惆怅
他把怅惘写在纸上
把思念倒在酒杯里怀念爱情里的模样
他将爱情里的故事拿起来又放下地掂量
沉重的唏嘘渐渐模糊了眼里的光芒
那是岁月沧桑巨变后上帝赐予的力量
不必忧伤吧
正视你的创伤
如同城市在夜的上空有了倒影
那是因你的眼睛
可以看到更远的地方

不必忧伤吧!
我们已然相遇
且在今生

往后余生

如果
离怀别古是为了悲秋
我只想说我爱这个世界
和所有我的遇见

即使你不知
金猊的香炉里飘飘然的紫烟只是为了思念
那穿指的黑发便生出些暗愁
颦眉擎笑的时候
别忘了时光已从指尖溜走
而我只剩下一些回忆还折叠成千纸鹤的
模样

凝眸

有一份思念想成为余生的妆奁

眼神里的爱意被欺骗

我侧着脸路过

两个人的世界

俗世红尘里的遇见抵不上

你只微笑的唇间

何尝想过爱里残留的不顾一切

爱情不需要轰轰烈烈

更何况我已沉醉许多年

千言万语也抵不过

我生命里最不想说出的更珍贵些的字眼

也许

爱情里最好的错过

就是彼此凝视的眼眸里闪过的痕迹

有一天倏尔不见……

人啊！人生

人啊！都一样
蝼蚁般在生活中痛苦地沉沦
俗世编制的迷惘如此精心
你只管在碌碌无为中穿梭
不用高举伟大的旗帜
宣扬你所谓的精神
不管怎样
饥饿时狼吞虎咽
高兴时的欢欣
人人都一样的单纯

生活啊！都一样有过严峻
我在清冷中临风
在大海的宽广中喟叹人生的旅程

如果有谁说他的卓尔不群
那是生活的千斤顶压在他身上肩负过了
厚重

生活啊！都一样有过艰辛
我在寒夜里枯萎
在孤独中舔舐心中的伤痕
如果有谁说他甘愿平庸
那都是佯装的平静美化了寂寞的身影

人啊！
你终归在期盼中降生
在孤独中离开你的人生
至于这生生死死的过程
只有你自己将斑斓用色彩填充这兜转的
过程
无论从一而终还是生命的激情
都好得过什么也没有发生……

将爱献祭

你视我若珠贝
将我捧在手心里
即使星辰与夜诀别也不舍离去
爱情里的真实天地可鉴
那夜与晨的偎依
你总是要将心底的甜蜜用轻声耳语诚恳地传递
又将舌伸入我的口里
如此斯文的甜蜜
柔得像舐巧克力的浓郁……

忽然有一天
我不得已
用素洁的诗行怀念你
遂奉上约翰·济慈的浪漫给你

也将爱情的渴望寄托于神圣的企盼里
如同芬妮·布朗的纯情向地下的爱人致意!
不知其可也无憾矣!

你视我若珠贝
将热切融入目光里
即使困乏的身体已在呓语
那朝朝暮暮的思念
将深情的等候揉碎在紫禁城的秋日里
记着将秋水望穿时
终要将怜惜从手心里夺回

我用素洁的诗行怀念你
庸扰你的那个世界终将被献祭
盼只盼望你活成你自己
终有一天垂垂老矣
你说"唯有生命与爱不可辜负矣"

我只是一片叶

我是一片叶
秋日里的纪念
我是一片叶
与你邂逅在暮色的世界
只那么寂静欢喜
倏尔落肩

我是一片叶
凡尘的天使天上的人间
我是一片叶
与你分别在沉寂的草原
只那么无语凝噎
泪流满面

等待几个世纪的轮回后
草原的清风拂过城市的边缘
我许是可以在今生得以如愿

我是一片叶
即使是别
也不需泪流满面
何况你离重生的理想并不太遥远
这叶落是落在车轮的边缘
它知道这城市的喧嚣根本无法掩饰它对根的惦念

即使寂静地欢喜
默然地相对
也不能阻挡千千红尘平吞万里
我只是一片叶
落在你肩……

今夕秋夕

秋夕之后的城池
多了些冷雨过后的烦忧少了些思念的束缚
凝结过夏日的哀愁
也有了冷霜低歌的啁啾

湖边的杨柳不经意地想
那低垂的眼眸里十指相扣的颤抖
会不会将秋日仅有的炙热传递给远方的歌喉
唱响过青春的行云为的是唤醒颠倒过昼夜的流动
一个声音曾问过我
"你这一生该不该丢弃孩子般的天真?"
我说"每一个生命都会因失去真纯而遗憾终生"

岁月交给彼此在乎的灵魂
生命便最不应该被辜负了信任
余生将已有寒意的温存
托付给日月星辰
而星星不语
冷月无声

我也只好与大地默然相对
此时的心脏在寂静中无声或者骤停
等灼热的岩浆喷发而你已获得新生
我便不在悲情中寻找你的背影

你
总是不相信爱情
说什么要从一而终
即使没有激情
也将自己燃烧成灰烬
其实我也只想悲悯
苟且偷生而不行动

因为爱是两个人的事情

缘分天注定

你的歌声
在热烈中被分享
却悄悄留在我心上

只那么一次
就那么一次
将钟情于你的种子种在心房
不经意也没在乎过何为种子的力量!

谁料到
几经夏雨的滋润
和风的飒爽
你不语时的模样
才是真正的执着和坚强

你遂只是偷偷地想
也许加了些思念
蒙上厚厚的被保鲜过的牵挂

终有一天
我们再次相见

你的歌声
在热烈中被分享
却又一次悄悄刻在我心上
连同昔日里你无数次叠加过的欣赏

两只思念的手相扣
一段时光
朝朝暮暮的日子总是短暂而漫长

你是准备了不知多少时光的笑颜和热切
而我只有一种萌动的力量
我们就这样朝朝暮暮日日月月

恨不得每天都在星辰里告别

在晨曦中出现

相守时的贴切

相对时的无言

除了眼光里的热烈

还有彼此心头无我的挂念

没什么理由亦无须证明爱在我俩之间流淌

我只是偷偷地看着你

你也总是默默无言中回眸

偶尔想起什么还摇摇头

是苦笑自己都白了头

还会有爱情的眷顾?

你要知道

真爱的极致

是上帝的恩赐

无 题

我的心滞留在深秋里
寒露的水滴在草莽中被当作月季花的吊坠
我的蜗居幽禁在最高贵的名字里
除了它谁还会被称作皇城根被称作紫禁城

昨日刚刚挥洒了一场簌簌的雨
九月的雪便握杀生机
树木还葳蕤地矗立
风也无冬日的凛冽
寒冷便见证枫叶欲红在香消玉殒里

往年的初雪都被安排在圣诞节的气氛里
今年的雪还是未开放的蓓蕾
翠蔓红朵间是谁别有用心

夏与深秋还来不及道别挥手

便急急地酝酿了一段阴谋

台前幕后推手鼓掌间

我从南方的艳阳里归来

将暖秋的遐想和喜悦藏在潮白河的宽广里

我只想让普通的灵魂熠熠生辉

将悲苦付之一笑吧

在灰色的天空划一道明丽的虹

还有七彩的光芒

这边有我在微笑的时候

那边有你在把手挥

悲 秋

寒露浓重后花就消瘦
田野再无心滋养庄稼和它们的朋友
果实累到弯下了腰
我也悲伤信笺里的那些爱情有些无聊
就连拥抱也没有原来想象的那样好

悲秋的下场只有眼望着冷月无奈地笑
痛别九月里骄杨行走的步调
热情的、昂扬的、爽朗的哨声
除了春日残留的记忆
要数夏季的别样味道

夏日里的蝉鸣蛙叫真是热闹
入眠的星星都睁开眼瞧瞧

秋日的暖阳被阴云笼罩
大地也被萧条拥抱
再等些日子吧！再等等！
只要山坡上种满三色堇
我才会带着怀念的微笑
躲过冬的忧愁
那桃花依旧在春风笑

失 恋

爱是有滋味的
他说
欣喜不已、甜得像蜜
失恋也是有滋味的
我说
痛苦不堪、苦得难言
没有了伴侣的甘甜
爱情就像一杯苦咖啡
心里的思念如同伤口未曾愈合又被撕裂
岁月表示一个人在角落里悲哭
也好过四处游荡

我的爱情一直就是这样
一杯咖啡的苦不得不满足

昨夜未卜先知

想要退出两个人的世界

　　又像陷得更深

朝朝暮暮的时光就是这么别有用心

除了一见钟情那就是前世的情人

两个人相遇总是猝不及防

　　离开便是一个人的想

　　相离莫相忘

　　相离不能忘

相离之后你终会忘

我是你骤雨里的百合花……

梧桐树

秋冷凋零了挺拔的身姿
疾风的狂躁早已没有了盛夏的威严
我的窗前只剩下碧梧树上的落叶片片
它们将绿苔的生趣儿覆盖
还不忘记向爱情表白
将手捧思念献给末日的孤独时依旧那么昭然
只想飞舞翩跹嘲讽土地那厚重的汗颜
洗了一遍又一遍
梧桐树的爱恋历久弥坚
连那些象征好运的喜鹊都两相情愿
扑棱着翅膀在行云间在梧桐树身旁一直歌唱
歌唱梧树和桐树的思恋……

被思念

"寤言不寐,愿言则嚏"
我正被惦念
应验了《诗经》传下的那句古老的话语
你怀念我吗?
别矢口否认
我可打了两个大大的喷嚏……

关于

我出生的时候
恰好是那个男人和那个女人将懵懂托付给长生天的时候
默默等待前世今生的牵绊
谁也无法选择
一个无名的小女孩就这样
成了一个英雄和迟暮的期待
我身体里流淌的血液啊
参合他(她)们的理想与现实
还没来得及好好思索
便长成了一棵抖索的弱杨
既站得直还要高高在上

谁知道我身体里流淌的时光
既纯得有几百年前蒙古人为捍卫尊严而执戈疆场的豪壮

也有几千年前甘愿俯首先祖的谦卑
我生来就是矛盾的结合体
也是真纯与忧郁完美碰撞的成果
请别唏嘘不已
这一条我在少年的时候就已经说过

我不喜欢太过热烈的光
如同少年时便充满忧郁的样儿
没有人想探求
即使我内心很渴望
青年时笑傲疆场
面对的是无数的心底深处的迷茫
饮酒是中年时常怀念曾经的时光
纵然有过辉煌
也喜欢在自然赋予我的光影里独酌
静谧的时光里思索
如同我胸怀先辈们的错误惩罚我身体里流淌的熊熊烈火

那些无知的人 不值得我用理由去对抗

别用伎俩离间我和祖先的脉脉深情

你永远是你

不可能与我一起荣辱浮沉

看你贪婪地吸吮

哪有一点儿将高贵融入骨血里的灵魂至上

酒对懦弱者来说不是无能

是力量的象征

不要怪怨我总是在酒精下迷茫

像几百年前我的祖辈那样向着未知挺进而付出的教训

你在消耗你自己

如同消耗我祖先的魂灵

浑浑噩噩地过日子每天走着瞧

你胸膛里的志向只可以满足你的那一点点荣光

还暗自庆幸活着真好

而我天生害羞

不善言辞

为此我错失了多少高举火炬为生命而战斗的荣光

金钱绝不可能让我迷醉

直至我伤悲才使我的灵魂至高无上
在我精神的国度里飞啊飞
这里的言语都是源于我在酒后的佯装
我不善言辞
但是酒后
可以让我如那个优雅的画家所说的那样
我却懂写……

无 题

每一份辉煌都是从悲催开始
每个人都一样
需要踩在别人的肩膀之上
我感恩戴德用世俗的眼光看待我的那些
伟大的梦想

没有你们我只有徒增忧伤
我所有的至高无上的爱恋
都是源于没有结果的高尚
倒是感谢那些站在原地不动的男人
给了我希望
知天命之年的春夏
我迷惘中兜转了一百天
才知道勃拉姆斯的浪漫只是为了
莫扎特巴赫贝多芬关于古典的崇尚
也是为了祭奠心中的梦想

致画家

你画的何曾只是一幅画
未忘记怀揣着诗人的梦想
又怎能缺失音乐家的弹唱
把深沉善良与唯美溶化成一道道七彩的
光芒
将人间的理想描摹出自由的景象
如朝霞与暮雪完美地碰撞
如向日葵疯狂热烈的鼓掌
更如巉岩碧树间那一汪汪的清泉流淌
还要说一说云卷云舒的闲适在心头悬挂的白月光
画中是有诗的 诗中亦有画

心灵的深刻描绘成理想的模样
用画笔将眼睛里的美感成像

缪斯女神的美总是那么神采飞扬
俄耳甫斯将艺术的至高无上置放在
灵魂深处的殿堂
平凡的人类啊!
在诸神的恩典中尽可能地挥洒智慧的灵光

表 白

不知该庆幸还是悲哀
檐雨的泪珠浸湿了心底的那一抹阳光
生活的悲苦
不知该和谁人诉说?
流浪的心早已看尽远方

唱颂的浓情并不像诗歌里的深长
一个诗人最大的悲哀
莫过于连自己也无法向生活表白!

伟大的作家,关注一下人性吧!
文学批判的虚伪何时重蹈了覆辙

人性内心的需求
不能泯灭　别去捧杀吧!
为了生命的丰富
我们要在不断争斗中成长

伟大的作家,关注文学的那仅有的一样真吧!
真　才是文字唯一的力量
我只请求
用宗教的信仰来虔诚对待艺术
为此　我愿匍匐在信仰的漫漫长路上
让那些愿意聆听的人知道
艺术的生命会永久留长……

蓝色鸢尾花

爱情的路上
总有两个人会背道而行
所有的温存继而消逝在灯火的阑珊中

一个人朝左
走向夜空变成一颗星
照耀着另一个人的前程
一个人朝右
追寻往日的平静
爱情的骤雨浇灭了曾经的海誓山盟

蓝色的鸢尾花此刻已经怒放不再寂静

无解的爱情

不会有两颗心的灵犀相通

此时的话语显得格外无用

佯装的笑容看起来让人心疼

爱就是爱了

为什么还故作镇定?

蓝色的鸢尾花此刻已经怒放不再寂静

生 活

城市里的聒噪除了喧嚣就是喧嚣
霓虹灯下的魅影爬上高楼穿过地道
男人们拎着沉重的公文包假装着绅士的
　微笑
雾霾毫不客气遮蔽了女孩们蓓蕾一样的
　微笑
乡野里的茑萝花早早地在晨曦中伸着懒腰
只有鹊儿才懂生活的味道

迷迭香的记忆

地中海的土壤里
迷迭香的浓香将被流长
所有的承诺将不会被忘记
大地才允诺爱的路上长满迷迭香的传说
爱情的忧伤被这忠贞祭奠
迷迭香的记忆
装满了古埃及罗马帝国的灿烂
即使纪念爱情的方式
也在这芳香中慢慢书写成行

归

日总要落西山而归
云霞总将婉容留在天际
栖息的鸥鸟尚在云海里翻飞
我也一样
总愿意追寻日的足迹
如尘埃总要回归大地
暮日的晚秋
谁在吹响笙箫的苍茫
我独步
向着暮日落下的地方思量
四时无情而爱情很长

思 念

冬之将去
冷更加肆虐
腊八过后
夜可不敢贪恋迷昏的黑暗
城里的天空看不到云烟
我只想着除夕夜的时刻
坐在老家的农舍注目窗外的炊烟那么浓厚
那是柴火的味道
那是过年的味道
那是妈妈的味道
也必定是少年的欢乐

昨夜
又梦到了老母亲

可她的容貌依旧是逝去时年轻的模样
只是这"老"里包含了我的岁月
我的思念罢了
我独上西楼
轻捻逝去的梦幻
还有些叶自在飞花
而我轻抚忧伤

我你他

这世上只有一个我

独一无二

不可复制

这世上也只有一个你

一个他

也独一无二

不可复制

这世上又有两个我

一个假装快乐

一个真心难过

这世上又有两个我

一个假装洒脱

一个内心执着

这世上物质的真身只有一个我

可我的灵魂

她啊！像一个小精灵潜入我的身心

去倾听我的心跳

去亲吻我的呼吸

去感受我的灵犀

也只有我的灵魂呀

我的朋友

你和他

也都和我一样

在这世上独一无二

梦

当潜意识变成了梦魇的时候
你的灵魂便经历了淬炼
梦境的体验
神奇的意识之旅
你将压抑潜入思想的地狱
终有一天你将亲手打开思想的闸门
那浮现出来的通道
才是你安抚自己的温巢

小 文

初春的呢喃细语

清晨,我漫步林间,和煦的春风在我耳际吹拂,呢喃吃语又自由飞过,如你轻柔的手轻抚我头发的温柔。晨的序曲总是那么动人心弦,脚步已不由得轻快热烈起来。是的,又是新的晨,我在 *New Morning* 舒缓的乐声陪伴下漫步林间,林间的小径通幽曲折,蜿蜒着一直向前,树梢上的阳光明媚地照耀着练唱的小鸟,那依依的鸟儿是注定要轻灵舞动着世界吗?啁啾着的悦耳动听的歌喉,如你喜欢的那只翠鸟,自由游弋在蓝天白云里,喜欢它的不羁的灵魂自由飞翔。此时的季节,还没有鲜花盛开的模样,我却在思念它不惧地开放。鲜花的绽放不需要别人的应允,生来便是把自己奉献给世界。我是如此盼望着鲜花盛开的时节,我可以漫步林间,让风拂面,让喜悦从耳际萦绕着我的思绪,让自由的生命飞向蓝天……那诗的季节,也可以在夜的星空中,让思念飞扬，那些充满阳光的日子总是那么温暖，如人的善良。

　　轻缓的晨曲，怎会让人不由得心生欢喜，这情愫，有时无法有理由，是灵魂深处的触动，只有自己最了解这真实。我慢慢地走进林间的深处，与世间万物相遇，不问彼此从哪里来到哪里去，遇见就好，驻足观望着美好，如果路不同，就擦肩而过，又慢慢地走远，依旧带着那一份依然的美丽，好让更深情的眼神把你永远凝望……

我和大自然

天空、云朵、阳光、雨露，甚至大地的富足都是大自然无私给予人类的财富。感恩敬畏天地的永恒，我早早地便在心里决定了大自然在我心目中的价值。我是如此地喜欢在自然中感受我自己。我愿意被它包围，愿意被它宠溺，我愿意被它照耀，又愿意被它荡涤心灵。我总在想，自然是什么？它神秘却又坦然，它丰富却又简单，它热情却又沉静，这自然何不是迫切地向人的心灵表白它自己？我极愿意在自然中坦白我自己，只要沉浸在自然的怀抱中，我都极轻松自在，甚至忘乎所以。

我喜欢山峦起伏连绵，我喜欢树木叠翠沉静，我喜欢河流淙淙流淌，我喜欢绿草如茵的时候躺在这片土地上……

只有在自然的怀抱里慵懒，你才不用费尽心思去揣度人心，你才不用时刻提醒自己保持什么身份，带上什么伪装。于是就这样,慢慢地你就被大自然这位母亲教导成一个不喜欢也不会伪装的小野兽。没错,我就是一个小野兽,喜欢孤独,我在静寂无声中,静守流年。

今天,又出来游荡在这个世界了!这里有我的老朋友,有山水,有树木,有蓝天白云,有春风拂面的冷润清爽,还有我,永远不会忘记带着我的灵魂走在路上。

朋友是谁？谁是朋友

"朋友"是个有趣儿的词。我从很小就开始探寻它了。但没有经历过世事沧桑的时光，你是辨不清朋友是谁、谁是朋友的。

我一直这么认为，朋友是个有趣儿的存在。为此，我还刻意多留意，引经据典地判断分析，苦思冥想，以此来确定我是认真思考过了这个问题。

朋友，是指在任意条件下，双方的认知在一定层面上关联在一起，不分年龄、性别、地域、种族、社会角色和宗教信仰，符合双方的心理认知，可以在对方需要的时候给予帮助。朋友之间可喻为雨中的伞、指路的灯，双方心理更为深度契合时，可称为知己，而知己又为何？知己的意思是了解、理解、赏识和懂自己的那个人。我们皆为世俗社会的一分子，似乎谁都不可避免地出现这样一种感觉或需求，无论同性还是异性，所以，友谊是不分性别的。朋友，就是那个和你感情很好，有共同语言的人，而这种共同语言却是需要在没有任何理由的背景下，不约而同地出现，自然而然地出现，而不是附和而为之。每一个人都是与众不同的个体，很难找到这样高维度的相似，如果相遇，愿意珍惜的，就记住捡拾起这岁月的馈赠。

  人这一生，遇见的人数不胜数，认识的人不计其数。但是经历一些事以后，陪在身边的人越来越少，有的人因为矛盾离开了，有的人因为情散走远了，有几个人可以陪你一阵子，有几个人可以陪你一辈子，有几个人可以懂你的喜怒哀乐，有几个人知你的心酸苦楚，有几个人可以和你历经风雨、患难与共心也不会变？随着我们越来越成熟，这样的人似乎越来越少了……但尽管是这样，你都不要失望！因为留在你身边陪伴着你一起风来雨去的，才是真正意义上的朋友！最好的朋友，无论在物质上还是精神上，都能彼此珍视，这才是你余生希望遇到的那个人。愿我们每一个人在老去的路上，都能一直这样相遇相知与你契合的朋友，这不是奢望。朋友间，亲密的关系不是迁就，不是附庸，如果遇到原则的问题，依然不可得过且过地敷衍了事。

是啊！亲密的关系也少不了会有伤害，相互陪伴，关系稳定，但是一切都充满了例行感，这是一种情感的悲哀。所以，当面对自己所在意之人，请不要患得患失，让我们勇敢地大声对他/她说："来吧，相互伤害吧！"但这所谓的伤害，不也是彼此探寻内心深处的真实感受而做出的努力吗？

我希望做那个可以陪伴我朋友的人，但尽量不去无端伤害……

雾雨浓情

我在重重的雾霭中前行。

西山的雾总是要浓于其他地方。虽然这是我经验主义的论断,而有一些人恰好也这么认为!这让我独喜,我总是有幸不经意间拥有最美的遇见。

只有这时啊,你才闻得到树根与泥土混合的气息,告诉你吧!那就是自然的味道!这自然就是你日思夜想的淳朴简单,却又极其地喜欢和难能可贵。枯叶凋零了,却在大地之上酝酿着一出唤醒的希望,这自然界与众不同的是青松翠竹,无论寒冬酷暑,一往情深地焕发生机,我倒想问问谁可比拟?可我又想,不需比拟,树啊!干枯的枝丫像是被刷了一层重油一般,让这轻浮的世界也变得厚重起来。我时刻盼望着自己的身体如这枯树的样子般温暖厚重,我是欣喜不已的祝福啊!但不知几人可以附和?零星几朵小绿叶散落在草坪上,远远望去,依然是一片枯朽。若你想枯朽，你便枯朽；如你想蓬勃，你便生机盎然。

毛毛细雨足可以形容这态势，我情不由衷，不能自已，我边走边敲打着手机上的键盘，雨丝飘落在键盘上如繁星点点，姹紫嫣红，晶莹璀璨。不信，你来看看！在这一方小天地之中装点着独我的盛世繁华，是的，此刻它独属于我自己，是我自己情感世界的力量。

这雨丝飘在我的脸庞，轻柔极了！倏尔在眼角，倏尔在鼻翼，倏尔在滚热的唇边跳上一下，又飘到了颧骨上，一小时的漫步，衣服也似乎有一些湿，我并不会在意，依然迎着晨雾让喜悦也弥漫在空气中，感受这第一场春雨的清新。

第一场春雨啊！你像微尘般洒落，我还在梦境中度过，你便来了！这第一次就那么让人动心动情吗？直到让人落泪。常言说，"春雨贵如油"，我总在想，这春雨贵在哪里呢？贵在它的小、细密、轻柔，吝惜着力量、分量。它虽然细小，却容得下，也值得你慢慢地品味，不似滂沱大雨容不得你安宁地品咂；这春雨柔柔地飘落，可以让你体验去到心里的感受，给你时间让欣喜掠过你心间。

是的,这春雨是给了你时间的,不似那夏日雷雨闪电般的速度,使你惊恐突如其来的意外。

这春雨虽绵绵的,但不会下个不停,只一小会儿便驻足,对你莞尔一笑,便消逝在滚滚红尘的岁月中,留给你深深浅浅的记忆,盼望着下一个岁月如梭的轮回。柔情的春雨啊,你多么像一位天使,但又有谁有幸目睹这天使的面孔。

春雨的丝,如我的思,我会为这一场突如其来的春雨的丝,落下我对春的思和那一声为思念的叹息!再多情的雨丝,也无法温暖一个无情的钢铁样的物质,一路地走,我便发现,路边长长的隔离网上,雨丝积聚在一根根铁丝上,一滴滴的是用了心地积聚着力量,希望它虽短暂、虽柔弱的瞬间也可以滋润万物吧,而这钢铁般的无情却让这份柔情慢慢滴落消失殆尽,这春雨的丝终于汇聚成珍珠般的眼泪滴落下去,难道不解风情是说它吗?这是春雨的悲哀,是钢铁般意志的悲哀。

落雨的时节,天总是阴沉的,也许它早已知道这落雨的时节少不了的伤害,之于人,之于世界。屋内的光线很暗,而我却独钟爱这暗处的光阴荏苒,不开灯,独坐在小桌旁,一杯浊酒,饮尽几十年来岁月的沧桑巨变,我独喜欢。我在暗处寻觅时光,只静静地等待与看……

"春雨贵如油"是为南方的春耕、春播带来了机遇,尤其是"靠天吃饭"的望天田。而我的"春雨贵如油",实则是上苍赐予的命运。受宠若惊,如草芥微尘,让一切归零,慢慢地开始……

树上的枯叶似乎也在抖动着热情。

仲春的感动

园子里有一条不知名的小溪,仲春的时候,水会缓缓地从独木桥下流过。夏日里的时光,也为游人增添不少清凉。如今,春寒料峭,连着几场大雪纷至沓来,似乎被这日月遗忘,整条小溪的清澈都被冻结在桥下,匍匐着似等候时间的发落。

溪水固有的清澈透明,似乎在宣示它不在乎被禁锢在低沉的堤坝下,任风尘、落叶还是水藻拥挤在溪水的中央,杂沓中的鹅卵石依然明朗,用不同的形状、不同的方式诉说着它们与溪水的幻想。一整个冬天,时光冰封了流逝的光阴直到孟春才被想起,大部分的溪水已被阳光融化,只有靠近堤坝的水面上冰层薄如蝉翼,一层层地堆叠而出,轻浮于水面,这也许是为数不多的时日了,它们即将退出春日的舞台,却并无悲壮,还只是轻舞白色的羽裳,飘飘荡荡,颤颤悠悠,随意却不慵懒。

随着春日里的 violin 声摇摇晃晃,感受着溪水的无尽温暖。

我想只有这晨起的短暂时光了吧?到了盛午的光景,这溪水就又被这春日里的艳阳褪去了霓裳,只剩下游丝般的灵魂摆渡到溪水的中央,只有我看到了它颗颗晶莹的泪珠滑落,在阳光下晶莹而明亮,无奈之下的哀伤在冰层断裂的伤口上留下怅惘,来来往往行色匆匆,是为将自己的灵魂置放。没有了灵魂的世界,却有了斑斓的色彩对比着荒凉。堤坝上枯黄的草丛中也许有了希望,是啊!孤独的焦虑是没有爱的照耀,而这春草正是好时光……

"枯藤老树昏鸦,小桥流水人家",一样地浪迹天涯,将自己的生命交给时间来丈量……

2月13日生日随想

诗意的日子皆因有雾霭沉沉浮浮……

一直没觉察出,眼泪原来是热的……它滑落下来温暖了你的脸庞,却冰冷了你的心房。平淡日子里的思惘,被装进时光的留声机里边,点滴的过往,常伴那些走过的时光,所有的诗情画意终将成为岁月枝头的一份欢喜。

初春的树木皆枯黄无语,我却看到它如此优美端庄地卓立于大地。独木桥的遗梦很长,回忆如此寂寥,无人无声无影无形。

早春的雾霭沉沉浮浮间,隐约那一轮太阳,孤独而辉煌却忘记温暖世人的目光,透过干枝的缝隙,冷冷地凝望。孤独的鹊鸟追随着我,歌声萦绕在我的心间耳旁,却如此遥远。蓦然间抬头,惊扰了雀跃的欢快,也惊扰了这晨雾的弥漫,还有天空的灰蓝。没有春雨蒙蒙的润泽,雾霭也似乎可以默默地陪伴,我被包围了身心,却并不愉快。

还有一些不知名争宠的灌木已然蓬勃地绿起来了。听说园子里的蜡梅花开了，寒风瑟瑟时，花犹然俏丽，金黄似蜡，傲风昂雪的唯有这蜡梅了。春日里的梅，我倒要看看你在春日里灼灼，还是在寒冷中瑟瑟？腊日的梅你就是被宙斯惩罚的西西弗斯的化身，你只能在寒冰冷雨中栖身，哪见得春日的细雨蒙蒙？你只在寒冬的残阳中永生，哪见得春阳的和煦轻吻？

你断是看不到山花烂漫时的，你只有蓦然回眸独自在瑟缩中凄然地笑一笑，将这一笑泯恩仇。我在碧水的柔波里，盼望着粼粼的波光荡漾向远方，我无须抬头，便看到了太阳的热情，熠熠生辉，晕染出耀眼的光芒，苍柏的青翠挺拔舒展，孤寂却又悦然。河堤的枯藤紧紧相依着白玉的雕栏，那样紧凑，那样依恋，那样恣意却又井然有序，在空灵中升腾那一丝并不温暖的幽香，冷冷地绽放。

让分离的分离，让相聚的相聚，让逝去的逝去，让永恒的永恒，让我们欣然追寻自己人生的轨迹和内心的声音。

又长了一岁的人，心有欢欣。

我行我素

作为一个有独立人格的人,是荣幸的。你可以成为你自己,想你可以想的事情,做你可以做的事情。人的心灵世界的核心有理想与信念,思考和世界的每一次连接都是一次生命的绽放。我们乐此不疲地就这样不停地循环着,就这样不停地轮回着。无论等待你的是什么样的人生结果,是永久的繁华还是败落,它都是你的,都是你人生思想的过程,你只当静静地经历、全然地享受,你甚至可以品评它,也可以突然中止它,也可以用更多的爱和力量滋养它,当你的思想如泉涌般喷发,无论是短暂还是长久,都任凭它。

失去的必然有它的原因和理由,存在的亦然,你只需静待,遵循内心的声音,继续还是终止,努力或是放手。无论什么结果,都是你思想的产物。全然地允许,全然地经历,全然地体验,全然地享受。如果爱,如其所是，当然，最好的结果就是彼此所愿……

  我想我应该是活得幸运的了！每天太阳未升起，我那些负有深刻哲学思想的朋友们，就如同晨起的朝阳般温暖而灿烂，为我送上祝福，为我点燃心中的希望之光。我每天都要为此感动，感动他们每日里默默地惦念。有时这种念念不忘是一种怅惘，而有时这念念不忘又是一束阳光，让我这样一个多愁善感的人不得不思想。我就是这样一个人，对什么都念念不忘的人！这是一种成熟还是天真？有人说：一个人的成熟，在思想里；一个人的天真，在眼神里。成熟和天真，并非一对矛盾词，成熟是一种生活态度，天真是一种生活方式，每张面孔都会变老，但生活方式可以年轻一辈子。有人说：内心真诚善良的人，不用刻意去研究他的为人处世，因为他的价值观与社会倡导的价值观是一致的。我总是在不经意间就选择了天真，因为我想年轻一辈子……

  我将最真诚的心语说给你，以心传心，这样好吗？如若我表现得有些无知，也没关系，至少我没有流于庸俗地活着。我会秉持自己，我会我行我素，但我心中的俗不是庸俗，我就这样活着，让庸俗的人看着我平凡，让智慧的人看着我明亮。

生命的感悟

生命,是最值得尊重的,无论动物的生命,还是人类的生命。尽管每种生命都有其生存的方式,但人存乎天地间,有别于他物的地方,却在于人有情义。

有时我们极力探求:生命最重要的是什么?我们能否找到活着的意义?是啊!无论为了什么,你都要为自己的生命准备一份信念。

无论你信仰什么,无论你出身如何,你来到这世上,就是独一无二的,你要为你这个独一无二的生命负责,用力地活着!

你认真地和世界建立起各种连接,这所有的连接都是遵从你内心的声音而弹奏出的旋律,你只需全然地接纳这自由的赐予,慢慢地,其实一切都在意料之中。

生命如此特别,所以,你要热爱生命!热爱这个来到世上独一无二的自己！你活着，不一定事业有多成功，但你选择了生存，你就要迎着朝阳前进；你活着，不一定可以拥有你想要的爱情，但既然心有所爱，就要懂得关照、负责、尊重，最重要的恐怕是相知，因为没有真正的相知，就不可能有尊重。

每一个热爱生命的人，都应该让自己活得更加丰盈，即使你的生活中，突然袭来寒风冷雨的侵扰，即使生活给予你的回应仅仅是无言而终。怕什么！至少我曾活过，我知道活着的快乐；至少我曾努力过，我懂得了努力要担负起的艰辛和困惑；至少我爱过，我体味到了爱的滋味那样五味杂陈。你活着，但你要告诫自己活就要活得真诚！

因为这个世上只有一个你，你对自己都不真诚，怎能奢求别人对你用的是真心？心理学家艾里希·佛洛姆曾说："没有相知做引导，关照和负责是盲目的。没有关照，对人的了解是空洞的。"这简短的一句话，告诉我们爱是一门艺术。这适用于"爱己"，你要关照你的内心，它将指导你如何知道自己、懂得自己、呵护自己，为自己负责，你才活出了生命的意义；这同时也适用于爱人,你将如何善待你的爱,让它自由地迸发。

这一生,应努力为爱而生!因为爱让我们变得善良,愿我们都被博爱滋养并快乐地活着……

太阳陪着你飞逝,如何?

当你飞渡天际,看到云卷云舒,你才知道行云真的如流水般缥缈虚无又畅意欣喜。此时,你真的会有一种冲动,想纵身一跃,幻想着云袖起舞,飘然至于巨大的穹幕之中,翻转着畅游起来,将七彩的虹光与祥云拥入怀中。它们不断地流逝,又会涌袭你的心头,那样轻柔飘逸,又似溪流潺潺却纵横天下。

你的身心轻松自在,没有了同类的对比,你才知道原来世界这么美好!你的视野中、你的灵魂里,看到的都是陌生带给你的非同一般,让你惊奇不已。你似乎永远不会再有熟视无睹的漠然带给你呆滞的理由。

苍穹之下,你正在感受夕阳西下的黄昏,与其他时候不同,此时的你正平视着太阳——平视着给你生命、给你温暖的你的太阳。你看到了一个火红火红的圆球,是的,你看到的就是火红火红的,像一个圆球一样火红的太阳！但你看到的太阳和往常不一样，你无须再去仰视，你终于可以平等地享有它的神奇，甚至看到它是从你的眼前降落至凡间你生活着的地方。

美好的东西总是转瞬即逝的！

就那么一阵子，你就又要从天上飞落，来到凡间，来到你生活着的世界……

时光匆匆流逝，青春不再，我们总觉得生命很长，其实生命是如此短暂；我们总觉得日子很平凡，但它如此珍贵；人生匆匆也就这么几十年，太多东西要我们去体验，怎敢虚度光阴啊！当你幡然醒悟时，你的生命应该至少已经过去一半了吧？我想至少已经一半了。有没有想去努力抓住青春的尾巴，有没有努力地挥斥大脑里老态的模样？有没有觉得身体的反应日渐衰弱？有没有感觉似乎一切都想开了，豁然开朗了？如果有，那我们的确是经历过了生命的无数无常。你活着，要记得：无常是生活的常态，但莫欺人负己。来日并不方长，记得珍惜当下，珍惜身边人……

秋雨是谁的眼泪在飞?

淅淅沥沥的夜雨,滴答出一个寒秋。只在秋分后的第一天啊,下了一整夜,将路边的野花野草都浸透,湿漉漉地抖动着瑟缩的身体,哀默着不说一句话,也将我对秋月的思念挂上心头。

阴沉的天气,怎么还会隐隐地莫名喜悦?怪了怪了,没有阳光的晨曦,才让昨日里月光下的徘徊与众不同,星月交辉,怡然自得的盼望才是真的让人欢喜。

我早早地起来,送我的女儿上学,丝丝落落的雨真是有一番韵味呢!不像昨日的倾盆而下,将我的衣服浇透,让心也随着寒凉。

如约而至,与友人驱车前往颇远处山里的寨子,崎岖的山路蜿蜒起伏,也吓不住崇尚自然的心灵!一路爬到山顶上,闻着淡淡的花香泥土香,一切都心满意足了!

这秋日里的雨,是谁的眼泪在飞?这眼泪莫不是欣欣然的眼泪?

　　这充满野趣的力量,吸引着我不停地谋划着在这大自然的怀抱中,过上田园的生活!那时候,可以躺在山顶的木屋里,仰天看满天星辉……

　　这是我盼望的城外的生活,于不久前实现的愿望……

　　一些人认为,伤感是悲哀。我独不这样以为,也许它是一种释怀,也许它是一种无奈,也许它是一种期待,也许它是一种不知所措,也许它蓄积着无限的自由和光芒,也许,也许还有很多也许……有很多的意义。此时的我也很伤感,但我并没有觉得悲哀!我知道一切都在某一地方某一时刻准备着,在等待。"且将新火试新茶,诗酒趁年华。"(宋,苏轼,《望江南·超然台作》)午间,文人墨客高谈阔论之时,我道出了欢喜苏轼的诗情画意,欢喜他的豪放,欢喜他流浪,欢喜他不屑世俗的眼神,乐居于山水之间,沉浮荣辱只需冷静、旷达,以待时日。苏轼之崇尚自然乐道之心,时刻激荡着我的心灵,期盼有一天浪迹天涯,远离尘嚣,期盼有一天遁绝尘世喧嚣,让浮躁和繁华随风而逝!我只留眼泪在心头,那亦是一种快活……

春游凤凰岭

　　大自然所给予你的，远远胜于社会给予你的！自然无言无声地，只默默与你相对，没有表白，没有要求，没有嗤笑，没有懊恼，大自然的美好竟然只在于自然而然地呈现出来，你尽可以全然放下一切，放下你所有的人类社会的伪装，全然去欣赏自然的美丽。

　　没错，自然而然的一切，才会使你的灵魂更丰盈，那大自然里的简单纯真才是真正促使你心灵丰饶的原因，只要你愿意相信思考的力量。是啊！有趣的人都拥有一个有趣的灵魂，他们在跳跃、在迸发、在思考、在创造。尼采说："每一个不曾起舞的日子，都是对生命的辜负。一个人知道自己为什么而活，就可以忍受任何一种生活。""其实人跟树是一样的，越是向往高处的阳光，它的根就越要伸向黑暗的地底。"我被这一句至理名言所感动，所以，我一直在坚持，让自己的日子曾经飞舞就足矣。

这短短的一个月，我完成了一个又一个人生中的第一次。我攀爬了几座大山，赏阅了很多前所未见的风景名胜。是的，这便是趣儿，我在最合时宜的时间，尽赏了春之美韵。

今日，我登上了北京西山的凤凰岭，这被人们称作"京西小黄山"的峰顶，沿路感慨万千。拾级而上，每一处峰回路转的时候，都会有一种别样的惊喜让你驻足停留。我变换着不同的角度来拍照，以不同的方式来探寻这世间的美好。林间艳阳那耀眼的光芒、石阶上斑驳陆离的印迹、幽静的峡谷风光、幽眇的蓝天上飘浮着的白云跌宕起伏、层林尽染的山峦的雄伟、列队的树木尤为壮观——这一切都值得你停停歇歇地感受，感受大自然登峰造极的气势。

"山川异域,风月同天。寄诸佛子,共结来缘。"(唐,长屋,《绣袈裟衣缘》)如若总是希望,一切都会圆满!山的敦厚总让你沉稳内敛,作为我,从不想去征服这不绝连绵的山峦,要的是只愿静静守候着山的远方,为这一方静思的梦想而努力坚持。每一步攀爬虽那么艰难吃力,但攀至巅峰时的释然,你才懂得执着追求才是最好的选择。我愿坚守初心不变,为的是仁者之乐,就像大山一样,肖然矗立、崇高安宁,即使攀爬群山的路上,荆棘丛生、坎坷不平,我依然会坚守那一份信念。是啊!只有经历过了挫折,才让人更加坚定,坚持选择拥有一颗宽容的心,做一个善良的人,因为仁者乐山,安于义理,厚重不迁……

行 走

窗外细雨霏霏,那不是梦,是撩拨我心弦的泪。呆坐在可触及天际的高楼大厦里,灵魂在失去与得到中摆渡,一样的无助和彷徨,一样的无所事事,车水马龙来来往往的漠然,不曾拥有过的盼望,痛得泪也无声。

于不需撑伞的细雨中漫步,独有忧伤在心头,哀伤那些迟暮的日子里我或许值得拥有的点滴回忆……

走过的懵懂,不一样的与众不同,直至华发初生,依然清澈的眼神笑看红尘……

最是那一抹光,微弱却暖,如最深沉的爱总是无声一样,如最长久的情总是平淡却刻骨铭心地存在。因为懂得,所以珍惜;最美的行走,不想开始,是因为担心结束……

站台上的等待,孤寂却美丽。瓢泼大雨扬洒着夏日的满足,扑面而来的雨的气息如炙热的吻让人窒息。当火车如过客疾驰而去时,心留下的痕迹将永恒,无声无息却刻骨铭心;那么动容的暴雨的忧伤,在下一段岁月,却静好明媚……

我听着肖邦的夜曲,却读着杜甫的"花径不曾缘客扫,蓬门今始为君开"。

期冀有人能懂,又惧恐有谁懂。肖邦的夜曲,是有人分享,触动了我的心灵;杜甫豪放又忧郁的气质感染我独自面对沧桑岁月,独自面对真诚善良。

音乐是含蓄的表白,尤其肖邦的浪漫气息、忧伤情绪,让人欲罢不能,不说已然,语言却如此通透明亮,再曲折也懂。除了它是人类社会的共通之外,难道没有现实社会的婉转?何必那么婉转?倒不如直抒胸臆来得真切来得自然。

面对质朴、纯真、无邪的善良,谁敢与之相比与之赌?我说,我愿意,我也敢。

人生,不过是哭着来哭着走!在悲伤与悲伤之间,任你选择什么,你都会拥有它的存在!既然拥有了就不要再去觊觎他物。这个世界属于你的选择不可能太多!因为你只有一颗心、一个灵魂。孤独是快乐的,因为你在孤独中可以发现、寻找、享受属于自己的快乐。当然,前提是你要有丰盈饱满的灵魂。

如若你期冀偶然,你便要放下,如果偶然要被人嘲讽,那么就去嘲讽生命吧!因为生命本身就是一种偶然!有谁的出生,不再证明着你是在没有任何征兆的偶然中缔造而成吗?

于是,我在怯怯中,懂得珍惜当下的缘。因为我珍惜偶然、珍惜生命,但我唯愿意微笑着面对我珍惜的一切,这种柔弱无骨的接纳,似乎没有力量,但只有我知道它会丰盈我的生命,让它更加厚重。

生命与生命的力量,似乎嫁接在沟通的桥梁之上,这是一件有趣的事情。物质的毁灭是迟早的事情,我只坚信:灵魂之间的吸引将是永恒……

悲秋喜秋

下雨了！雨滴轻落的声音，那是你想听的吗？秋日里日渐凄清的寒凉，让你冰冷的手无处安放，独自倚窗思量，枯黄已将秋日的色彩定格，配上这雨中铅灰的天空，没有一丝一毫的灵动，除了雨可以证明这世界还有生机循环之外，别的都暗淡了。

忧郁木讷的你，只知道"一叶知秋"，只知这叶是这秋的季节的悲悯，这叶是慨然允诺了这秋日里树木的年轮，于是这叶如仙子下凡飘然而落。殊不知，这秋才是最懂得这叶的啊！这秋懂得自然中叶从春到夏的陪伴，见证无数人间天上的悲喜交织；这秋是历经了岁月的变迁，才善解叶的绝迹后生。

我是极不愿悲秋的人。但当你遭遇不快，又恰逢凄清寥落的秋之时，你的心不免会悲愤交加，你已然迟暮，怎不会感慨人生苦短，惹动你的伤别离、悲清欢？

哦，不！只要你有浪漫的情怀，随处都会有浪漫的色彩。秋日的雨说来就来，撑着一把只在夏日里才有机会撑的花瓣伞，独自走，并不寂寞。头顶雨滴那么轻柔灵动。脚下，你路过的公园里，一条被红砖精心铺砌的小径通幽漫长，我这一颗诗意的心啊，怎么经得起这般清雨的缠绵呢？总是要走走停停，停停走走，抬头望见不远处一棵开花的树，看上去红彤彤的鲜亮，也不知是什么树？结的什么果？再仔细看看，一朵红花旁边总是有一颗绿色饱满的果伴在左右，一棵这样的树上最起码有百来对儿这样子在相伴吧！经了这清雨的洗礼，红的更红，绿的更绿了。

穿了雨鞋的我，是不怕一脚深一脚浅地踏过沟坎的，一路走着，并不急，倒比起那些开着汽车疾驰而过的人们悠闲惬意了好多。开车的人总是那么急匆匆的，即使车轮飞过，柏油路上四溅的水花将我的长衣裙打湿，他们也没顾及。我索性不去躲避这些急走的人们了，只一味沉浸在自己的世界里，因这沉沉的秋天中，铅灰色的色调我是喜欢的。我心安静，又喜悦于我的决策是对的。独自彷徨在悠长又寂寥的雨巷里，戴望舒是盼望"逢着一个结着愁怨的像丁香一样的姑娘",而我呢?是啊!我呢?我只盼望与我自己的心灵相伴啊!悲秋也喜秋,就这样默默守护,一直到永久……

2020年寒露遐想

浮生若梦，转眼间天寒露重，倦鸟南归，菊黄芳菲尽，残秋月冷，凉风袅袅绕晨曦。若你在秋阳未见之时便走进这世界，这习习凉风定会穿过你的耳际，吹透你来不及更换的薄衣。树木自是不得已用了枯黄之意，换来一片片更丹红的眷恋。此时溪边的野草还略有绿意，盈盈地笼罩着这寒冷的岁月。至此温凉便开始结束，寒日的天空愈来愈旷远浩渺，别指望你最喜欢的荷依然娉婷婉约，它也会凋谢，没了往日里的亭亭玉立，没了夏日里姹紫嫣红地开满了整个池间，但那偌大的浓绿的荷叶却依然绿意无边，在清风明月间摇曳生姿，无比惬意。

除了要南飞的鸿雁，池边还是会看到那些喜悦的雀子在翻飞。寒露时节，是丰收的时节，可以适应此季节气候的可能不会受多少影响，依然可以听得到欢声笑语。这时候要好好珍惜秋日里的大河小溪，因为再过个把月，这潺潺的流水便会被无情的寒冷用冰冻作为时光流逝的洗礼了。鸥鸟凄凄地凝望着远方,凝望着流逝过的在此栖居的岁月,充满了回忆。

这已然变冷的日子,开启了让人冻得瑟瑟发抖的时节。我记起,老人们曾对我说过:"寒露时节雨纷飞,把酒言欢最合宜。"有雨有风的日子里,坐在暖屋的一隅,温一壶浊酒,回忆过去,不失为一件美滋滋的事情了——无论三五好友一起,无论觥筹交错还是独自小酌,皆妙不可言。

我从昨夜低回婉转的轻吟浅唱到今夜无眠的时光,一直感怀秋夜里最凄冷的明月照耀着前行的人努力的模样。无论深夜里呼啸而过的列车,还是渐渐模糊的远行背影,一样都触动我内心看似坚硬却最柔软的铠甲,一滴清泪盈盈,悲喜曾经的思念落入尘埃中。

我在这里,他在那里,你在哪里?不管谁,身在何处,这一轮明月都将照耀着世人将这思念飘然而至于心,你便将于今夜无眠。

我将把酒醉月,笑问苍天;我将欢饮达旦,悟道世间冷暖。纵使人有悲欢离合,还望有情人终有圆满……

人生的欲望大抵如此吧？

有些东西有意义的时候你没有珍惜，而当欲望实现又没有了意义！

"阴晴圆缺都休说，且喜人间好时节"。2020年的寒露时节，逢着了，便是最好的时节。

感怀秋的北京城

秋日的北京城,多了些老成持重的感觉。这灰色的古老城墙,颜色单调沉闷,但远远看去,看久了,你会看到一种难以名状的平静感。它如此高雅,如此平和。这灰色,配了温暖的枫叶红便又冷了许多,配了青黄相间的,不管是银杏树,还是高大的白杨树的叶,都让人不经意间眼前一亮,我总是被这秋日五彩缤纷的景色深深地震撼。

这时日的北京城,温度变化尚不大,早晚略微有些冷意,午时躲在墙根下晒晒太阳,还会微微出些汗,我是为了感受这暮秋的时光,才找了没风的时候,循着暖阳的轨迹来来回回走走停停。落叶并不是很多,这时候你走在树荫下,脚下并没有窸窸窣窣的响声,因为秋风还没有萧瑟到聒噪这收获的时节……

生如果逢时,那是恰好不过了!每一个当下都值得我们享尽,并全力面对。过往不恋,未来不迎,有谁矫枉过正?过犹不及啊!我恰恰相反,要过这暮秋的日子,在这灰色的墙里,在这红叶满山的映衬下,寻着老北京独有的韵味,独自走走停停,独自凝思静虑。

有时候,这个世界能给予你的也许只有纠结的痛。你选择了繁华都市的喧嚣,便拥有了它给你带来的浮躁;你选择了古老没落的旧习,便可享受它带给你的安详宁静。你在这样一个新旧相谐的关系里,需要慢慢寻找和生活相处的方式。王阳明说:"读书作文安能累人?人自累于得失耳。"读书作文,怎么能牵累人呢?人其实是被自己的计较得失牵累了。

你如生活在这样一个城市里,除了会赏心悦目于这灰色的墙、红色的柱、这几朝几代的亭台楼阁、这水榭花海映衬下的帝都的风采,还要学着欣赏包含高楼林立、霓虹阑珊的夜晚。

我极喜欢北京城的秋。从初秋、仲秋到暮秋,像极了一个婉约动人的小女子,出自名门的闺秀,适时变化着,又循规蹈矩地发生了什么,又顾盼生辉地向往着什么,只将这秋日的色彩由单调乏味生发出高雅平和的格调,又将浅笑清欢浓墨重彩地渲染出了层林尽染的起起伏伏。这中间,皇城根下的老北京们吃炸酱面的样儿,恐怕只有吸溜声中不时冒出的喷喷声,是你垂涎三尺的理由吧!胡同里的人与胡同里发生的故事越来越新潮,就连各类汽车也来凑个热闹,在这本是拥挤的胡同里,靠边挺立着。没有了旧时的叫卖声,没有了旧时串胡同的手艺人——总觉得好像这些热闹场面才属于北京城——反而越发让这些个林林总总的小胡同、小巷子显得格外宁静。遛鸟的爷并没少,反而多了些,多了一些京腔京韵不太纯正的爷,这都是这座城里最好的时光、最好的人、最好的景儿……

"车水马龙"只能形容这座城。名副其实地接受,理所当然地存在,是这几百年历史的积淀成就了这座城的底蕴的厚重,不是吗?就连这秋都与众不同呢!我喜欢这秋日里的北京城。

有梦有思

读书,许是一种催眠了。昨夜晚饭后,捧一本名家散文集读,一口气地读,自是怡然自得。还是要做些笔记的。反复咂摸那些美丽的辞藻,跟随着笔者美妙的落笔的旋律畅游其中……九点钟左右便想枕着幽邃的遐想安然入睡了,这一夜又是无梦的。

谁承想,凌晨两点左右,我被一场甜蜜的梦惊醒时,嘴角还微微地笑……朦胧中回味这甜蜜,估摸这个梦是从子夜里开始,现代谍战加爱情,甚至连男主女主的容貌都栩栩如生,所有的对白都那么浪漫纯情,镜头感十足……我猜,入睡前所有读过的散文里的优美重新在我的脑海里组织了一场别样的好戏吧!真是让人哭笑不得啊!

于是,回味梦里的情节与画面,导致失眠,辗转反侧也难以入睡,直至六时许起身,看到窗外细雨绵绵,一夜雨将沥青的地面冲刷得洁净无比,黑幽幽的。这春日里的第二场雨呀,下得让人心旷神怡,失眠的烦扰瞬时烟消云散。

我急急地起来,走入这大自然的筹集里,我是闻见了泥土的芬芳了,是真的大地的味道,因为我的心灵和我的身体就活在这荒野的地方,没有城市的纷繁嘈杂,没有水泥钢筋的连接,我只生活在荒野蔓草里,这荒野蔓草,它们才是真正地活着呢!所以,聪明的我才可以闻得到泥土的清香呢!我爱这大地,我愿俯身亲吻这大地。

你看看,沐浴后的柳树那么娇嫩干净,用"亭亭玉立"来形容几乎不算夸张;那高大粗壮的白杨树,被雨水浸泡呈黑色的躯干,那润湿的肌肤依然孤独。疯长的枝叶是你的触角吧?向长生天祈求众生的平安,向世界展示岁月赐予你的沧桑,你也是有灵魂的啊!这白杨树直挺挺地刚强,那样坚毅勇敢挺拔,那是心灵深处最深的爱,是曼妙身姿矫健的步伐,一年年长大。冬日是过去了啊!你期冀春天温厚的季节,天籁般的深邃,你也即将温润柔软着你的岁月。白杨树谦虚地挺立着注视着大地，但是"这谦虚里没有卑恭，只有纯洁，没有矜持，只有坚强"。树旁黑色的铁艺栅栏那么地刚强，神秘地护佑这境界里一切有生气的东西，当然要包括林里雀跃的鸟儿们了！鸟儿们，唯有你们才可以自由地俯视大地，然后去悲悯去欢笑去唧唧唧唧……郊外的小路上，铁塔上的雨滴簌簌地落，你这不知人间烟火与疾苦的模样，愣愣地傻傻地紧绷着你的身体，像极了荒蛮时期里那些古旱之人，还抱持着低级的理由矗立在这大自然的神奇里。罢了罢了，你也是要有你的用处的啊！

有些回忆是值得怀念的，有些记忆是值得珍藏的，如我，子夜时分那美好的梦境。

昨夜的梦，甜蜜的味道，如这足下大地的味道，踏实坚持的美好……

春之梦

这第一场春雨来得并不那么娇羞,并没有往年间的蒙蒙如雾绵绵如丝,路上的电动车疾驰而过的吱啦声,惊醒了我的关于春天的梦。

我的关于春天的梦,还停留在圆眼睛里好奇、无知、稚嫩又青涩的模样。我的关于春天的梦,还是梦幻中清润的味道,有零星的几颗小草,悄悄地探出几颗小芽,屏息静听岁月流转的哨音……

我是那么期冀春雨的润泽,却不期待它如夏雨般滂沱,这第一场春雨却淅淅沥沥地下个不停,难道这春日的气息只能由这恼人的阴郁所带来吗?我想做一个春天的梦,将这阴郁忽略,将这萧条躲过。

是啊!没有人喜欢苦难,但苦难未必不是命运的馈赠,没有人喜欢阴暗的角落,但繁华落尽最终却都归于平静平淡。

我不希望人生有多少高潮，反而期待在低谷中慢慢探寻生命的朴素。关于世界，我只希望我是一个记录者、观察者。只愿倾听不说，我只将躯壳留在大地之上，让灵魂云游四海八荒。我那么愿意踏足于大自然之中，总有一个声音说：流浪去吧！你会发现很多不为人所知的美好。

初春的城市里，高架桥下的藤蔓缠绕着坚固的墙，摧枯拉朽般的生命力傲视这世界，我却觉得那粗鄙不堪的样子让人心生厌恶，快快过去吧！这一场春雨延绵着时光，只在不久的将来，个把月，春天就会真正地来了！而我也圆了这一场春之梦，让生命孕育生机也更丰盈！

春天来了！谁还会在意一场并不诗意的雨曾经带给人们所谓的影响？尽管人有万般风情。

春天来了！"枝上柳绵吹又少，天涯何处无芳草"（宋，苏轼，《蝶恋花·春景》），我甚至要感谢这一场不停歇的春日的第一场雨呢！没有你的尽情挥洒，怎会迎来芳草萋萋白云悠悠呢？没有你的尽情挥洒，怎会有我这一场春之梦呢？

秋 咏

　　初秋已过，白露后，当是歌咏秋的最好时候。这个季节，最是有韵味、有深意的时候，那清高的、孤独的愁思诚然就是心底不为人知的秘密，秋日的私语生发出来心底的惦念，绵绵不绝啊！缦缦奈何！

　　草木披着梦幻晶莹的露珠，和着头顶的细雨霏霏，我独享一场关于秋的盛宴，淋漓痛快。独自走在寂寥的小路上，因为有雨，晨练的人们都不见了踪影，唯独我不怕这雨的莅临，周遭的一切都那么熟悉，熟悉的草木，熟悉的泥土的味道，熟悉的曾经走过的那些路途，那雨的脚步似乎更近些了，紧锣密鼓地更靠近我了，直涌向我的身体，在我的耳畔低语呢喃。嘘！别说也别问，只轻轻地用耳去倾听。如果没有风的陪伴，雨是多了些真情，如果没有落花的亲吻，大地定多了些飘忽不定，这言语怎可描述得了秋日里灵魂孤独的意境？

独木的桥下啊，没有行舟的畅快游弋，鹅卵石的缝隙里怎看不见自由的鱼的尾鳍，潺潺的溪流不见蜿蜒纵横，我只怜惜光阴啊，它稍纵即逝！

我是那么喜欢黎明前的黑暗，却不喜那光亮侵扰红尘喧嚣的迷离，混沌的世界是世界该有的样子，而我独自清醒，一切离我那么近，一切又离我那么远，让一切喧嚣又让一切安静，让世界在波转中起伏飘零，我喜欢这黎明前的黑暗。

比起黎明前雨的无痕，我更喜欢黑暗中雨的簌簌。行走的步伐是不能停下的，那灵魂的跳跃就是生命的力量，肤浅的快乐才是深刻。一切平凡的东西，莫不是人生的轨迹？莫不是决定你生命的质量？我喜欢那俗世里的生活，喜欢它的烟火气息，喜欢它的清欢无涯……

我加快步伐，去往黄金的屋塔，拾起散落在心外的秋思的时光，让它有个归宿。

此时，悲苦的唢呐声不绝于耳，吹奏者的鼓腮给矗立的树木以静待，所有该承受的痛苦都不曾离开，只有目光交错的背影在秋日里有一丝凄然……

桂香月圆

八月,是最好的时节,对于北方人来说,不冷不热,气候最宜人。八月里的桂花,放在阳台的角落里默默无声,只隐隐地陪伴我度过仲秋的明丽。桂花,既无牡丹的华贵,也无玫瑰的娇艳,但这体态是独有的轻盈,这花色并不鲜艳,这香气却是独有的幽香,清可绝尘、澄澈凉爽的秋,被这馥郁浓厚的香萦绕心头。李清照曾有词赞誉桂花:"暗淡轻黄体性柔,情疏迹远只香留。何须浅碧深红色,自是花中第一流。梅定妒,菊应羞,画栏开处冠中秋。骚人可煞无情思,何事当年不见收。"桂花自有它的独特,我只深深地欢喜,独有桂香的季节。风飘散过的岁月,在安息沉默中孤寂,如我。我守望天上的明月,思绪万千,"今夜月明人尽望,不知秋思落谁家"(唐,王建,《十五夜望月寄杜郎中》),只有今夜啊!皓月当空,思绪绵绵不绝缦缦奈何!四处游荡的桂花的香气如我的灵魂,牵绊着轻柔的如昙花的背影,勾起已然逝去的念念不忘,那眼神里充满爱意的温暖,只是不说的寂寥。

八月,爱情的季节,了却凡尘世事的无常,我尚在期盼仲秋十五的圆月下,独自举头望月,只盼望,月的那头,未归少年青涩的模样陪伴他的时光;只盼望,月的这边,囡囡与友的日子多一些快乐。只有我,选择孤寂却又充实丰盈的独自流浪……

生命的觉醒

在薄雾中漫溯,在没有光的晨曦中与大地同呼吸,我从空寂里走出,寻找生命的昭然。空灵的周遭,细雨从日到夜地飞舞,枯裂的杨柳的躯干已然被雨的精魂润泽,静穆地凄然北望,无奈地挺立在只属于自己的那一片土地上。这城市里的树木,城市里树木的枝叶,皆怀念,怀念以往生落的那份原始的生命的冲动。人是自己生命的缔造者,又是自然生命的刽子手,他们任意处置看似轻贱的生命,却又高估生命轮回中自己的威严。

人啊!莫不是这世界上最可悲的动物?原始的古朴自然崇高,千万次轮回中那些智者的千虑必然发生,当尘埃落定后,便放手……死而再生的才是真正的生命,人的生命是有限的,是有条件、有限定的生命。短暂的停留,匆匆过客,当那一粒尘埃落定之后,是向大自然最好的致敬!

  莺飞燕舞,皆围绕着静谧的时光安然地等待,想跳出无限循环的忧郁,似乎更需要生命自己的觉醒……

幸福是一种能力

法国思想家帕斯卡说:"肉体不可思议,灵魂更不可思议,最不可思议的是肉体居然能和灵魂结合在一起。"人就是这样一种生物体。人是奇妙的,也是伟大的。

我说:灵与肉永远不可分离。没有灵魂就没有永恒,没有肉体我们根本无法感知灵魂。

是的,人的奇妙,是需要好好被感知的。所以,你要热爱你的身体,因为它独一无二;你又应该热爱你的灵魂,因为它妙不可言。而那些曾经或正当与你同在的人,那些愿意感知你的人,你更是需要好好珍惜的。愿意感知你的人会情不自禁地深度靠近你,从身体,从灵魂,即使不说,默默关注着,不也是彼此值得珍惜吗?那些根本不懂你的人,除了睥睨之外,还会恶语中伤。当然,某些时候,这样的人也是有价值的存在,它促使你更自尊、自爱、自强不息。

周国平在《幸福是一种能力》一书中说:"如何确定你所过的生活是真实的,我想有一个标准不应该被忽视,那就是在你内心中有一些不可言说的东西,只能说给你自己听。"

当你面对自我,你就是面对了一个没有任何社会关系和身份的人,这似乎很无聊,有时候让你焦虑不安,但这却是真实地存在着的你的本真状态。所以,自己懂自己很好,你是幸福的!但若遇到那些愿意懂你的人,那更是一种幸福。灵魂之间的契合,不分男女,并不鄙俗。

读书是让人快乐的事情。读书让你产生灵魂的自由空间和深邃的心灵的归属感。不读书的人往往是一个不会理解他人的人。

我喜欢爱读书的人。

当你手捧你喜欢的书籍的时候,你的心是喜悦的。你的书读得越多,你的灵魂便更厚重、更包容,你便越泛爱众生,而亲仁。这是一种修养,已融入你骨血里的修养,这也是一种让自己拥有幸福感的能力。

曲高和寡,你只需先努力成为最好的自己,继而尽力用你生命的热情感染周遭⋯⋯

如 果

日日充分地享受大自然带给我们的体验，感受生命中四时变化的风景，这细雨霏霏，连绵不断的阴雨天气，难道不是自然给我们的馈赠吗？这阴雨的天气啊，最适合在暖屋里闲坐，在窗前凝视远方。

此时孤独是一个美好的形容词，它并无贬义。孤独，是一种力量，一种内在的精神上的能量，你可以通过爱情、通过写作，甚至是通过一切你认为合适的方式来展现它的力量，但请珍惜这来自心灵深处的一份宁静……

抑或，是那样一番心情，由我来畅想……

如果，有那样一个黄昏，七彩的祥云飞过沧海，我会独自走在路上，我会放弃一切纷扰，尽情享受大自然赋予我的美好；如果，有那样一个黄昏，我被红尘嚣嚣遮蔽了眼睛，找不到回归心灵的通途，我会用泪水冲刷掉障眼的记忆，拂去心中的阴郁，还自己一份宁静；如果,有那样一个黄昏,夕阳的余晖映照在清潭之中,我会被这一份静好感染,长袖挥舞着时空的距离,独自依偎柳梦中……

朱家角之游

秋夕之后,又逢国庆日,家里的两个宝贝都有假期,由于新冠肺炎疫情,已经很久没有外出旅行了,孩子们自是很盼望着彼此陪伴,吵嚷着要见面结伴出游,我只有遵从的份儿了。

说起愿意造访的地方有很多,比起北国清冷的风光,这个季节当属江南水乡的风情最让人陶醉了。江南天阔啊,撑一叶扁舟游荡湖面,自然是自在惬意。这天自是不负有心人,远离繁华,庸扰落尽处,探访如此幽深静谧之地,心情格外激动。这神秘之地历史悠久达千年,这就是今日携两位小主所到之处——上海有名的四大古镇——朱家角古镇。

说来也怪,我最喜欢这些古老的、烟火气息扑面而来的古街古道,这浓厚古朴的文化气息蕴藏着勤劳淳朴的民风。别小看这小镇,除了千年的历史、古老的传说,就拿经济上的贡献、人文的荟萃来说，也堪比其他有名的名家古镇。我所到之处并没有因为人流密集而感到不快，反而因这人来人往、商贾云集而觉得格外有趣；孩子们也不是走马观花似的游，每一家小店里都要驻足停留一下。

朱家角古镇沿河而建，古老与现代的碰撞真的很奇妙，这似乎可以代表今人之于古人的一份敬意吧！朱家角更迷人、更具古镇特色的人文景观，是一桥、一街、一寺、一庙、一厅、一馆、二园、三湾、二十六弄，我倒是很希望同游的不相识的游客们，和我一样，希望游览结束后，和每一个朋友讲述一下朱家角的独特魅力，告诉更多的人，前来拜谒古人生存的智慧与力量。朱家角的古弄幽巷名闻遐迩，这是其他江南古镇所不能相比的。古镇最有特色的莫过于在船上品茶，在茶船上品香茗、望廊桥、看水景、听流水独此一处，这古镇的风情，难道不是美就美在于此吗？我是兴趣倍增，一脚深一脚浅地踩在这凹凸不平的石板路上，似乎眼前浮现出挑夫汗流浃背、青筋凸起，一边晃晃悠悠前行，一边大声喊着话，与路两边的小店铺的熟客们不时搭讪着；而小店里的老板、伙计们也彼此打着招呼，一边用扇子赶走蚊虫,一边笑迎着别处来的新客……这石板的路经历了多少坎坷曲折,承载了多少风风雨雨啊!漕港河将古镇一分为二,沿街都为明清建筑,青色的飞檐翘角,搭配白色的墙壁,显得更加幽雅宁静,组成了一幅幅明清水墨画卷。古镇的水是最柔软的清流,蜿蜒流淌,不急不慢,平静而安宁,船桨偶尔拍击着水面,荡漾起来的微波,打在用石块砌筑成的每一个小屋的地基上,也会哗哗作响。石块砌筑成的墙上留下的窗户都很小,房子的层高并不高,显得尤为温馨舒适。住家拥在一起,一家挨着一家,那么亲密友好。这一组组浑然天成、令人惊艳的美图正是人与人之间、人与大自然之间融为一体的最美、最和谐的体现。也难怪这座小镇会被海内外的游客尊称为"上海的威尼斯"……

小河两岸,不远不近处会有三两棵香樟树翘首以待,树的长颈伸向对岸的人家,日日期盼、岁岁相念,也许那里有它日思夜想的梦境,有它想倾诉缠绵的往事,有它想向世人诉说的爱恋,那绿油油的浓荫遮蔽下,心灵是自由的,是相通的,这心事,连拱起的石桥都懂……

秋 悟

深秋的风,寒意浓浓,似乎要扫尽尘世间的所有浮华与喧嚣,一切热情似火的夏的余味都不要,只将清冷肃然作为这个季节仅有的色调。秋日风的清透,不容置喙,那些还在夏日里沉醉的人若不将身心包裹好,恐禁不起呼啸而过的瑟瑟寒风。阳光下的尘埃不时地落定又飞扬,空气里弥漫着它本该有的那一股子味道,可称作尘土的香。绕指的柔情在光照中徘徊轻拂面庞,看尽秋日的芬芳已不再馥郁,花儿凋谢后飘落人间,总要经历漫天飞舞的纷繁;就连那一棵开花的树也逃不过这命运的结局,鲜艳的颜色消退,芳香的气息亦散去,这便是秋的光景,这便是悲秋的一份牵绊。李清照黯然悲叹:"物是人非事事休,欲语泪先流。"这些满腹诗书的才子佳人啊,自古英雄深情,多愁善感,附庸风雅的情愫不知今时是否还会感天动地?

人生之旅，留下任何美好的回忆都有赖于一颗澄明的心，这一颗心让我们既有能力享受安静，也有能力享受真正的狂欢，但还是要保持这一颗心不被低劣的喧闹和嘈杂污浊。

再悲戚的时候，都不能消散瓦解我们热爱生命的美好。宋代女词人感叹物是人非，倦得懒于梳头，我却从不会因外物而影响心情，这一份对生命的尊重真的与众不同，认真善待自己，善待他人。伊人何处？在水一方；何处伊人？只在一念之间游荡……珍惜每一次相遇，珍惜每一份来之不易的陪伴与懂得。达心者，知音也。愿那一份善良是发自内心的爱。大美不言，大爱亦不言……

风雪余音

木心说：天才能够解脱一切束缚教条。我深以为然，这样的人生观也许会给人以足够强大的力量去面对一切。也许，它给予我的指引，体现在诸多的意识层面上，我由此认真感知外界的真实。语言恐怕是我最擅长和最喜欢的倾诉方式了吧！长此以往，自己甚至可以笑对所有，即使有时也会有隐痛被触动的伤感。说也奇怪，越是恶劣的天气，我越是喜欢沉浸其中，不顾一切地去体验周遭赋予我的心灵感受。

今日暮雪飘落，是意料之中的事情，因为看了天气预报，但还是禁不住被这突然飘落的雨雪刺激得痛快淋漓，着实做了回风雪夜归人，披风戴雪，笑迎雨雪霏霏的晚歌。这雨的透亮、雪的洁白像是加了动效似的，白色的线条斜杠似的展露在空旷的街道上，肆无忌惮地击打着行人的脸庞。而我并不躲闪，内心深处涌动着对世界的这一份热爱。虽然有足够多的迷离忧伤、足够多的淡淡哀愁,脚下的步伐却不停歇。沽二两酒,一碟子卤过的菜,急匆匆地赶往街角最亮的地方,那里有一盏灯,透着温暖的光芒。只三个煎饺,一盅煲了三小时的黄芪乌鸡汤,便是最好的犒赏……

不是吗?世上那么多的人,有几个能记住你是谁?人们都在行色匆匆中度过,你是谁并不重要!在他们的眼里,你只是一朵过眼烟云而已……

不是吗?世上那么多的人,有几个是你能记住的?而我,独坦然自若,只每一次的交集与陪伴,都是用了真心的付出。我只顾着自己真诚,不去奢望感动罢了!也好,每一次自己都很坦然,可以笑得出声来的安心。素面朝天时,你会发现人很复杂,他们会风声鹤唳,惶恐不安,自己给自己写出一部莫须有的《齐东野语》……

多读些书还是好的,你的心态与格局慢慢打开,便不会偏执。心灵的干净是深入骨子里的,这世上真的没有感同身受,你以为的好,是你自己认为的好,只能冷暖自知了。可最幸运的是,你认为的好,恰巧别人也认为真的好,那就是最好的知己。这是默契,是贴切的,是完美的深交,遇上了,就去好好珍惜。素心向暖,浅笑安然,霁月光风,不萦于怀……

遇 见

  如果有人告诉我,这个世界上真的有心灵感应,即便是物与人之间,我都一定相信,因为这是与自己灵魂的遇见。

  寒冬清冷的幽径间,我每日都会与这一棵挺拔的大树遇见,即使是深冬时节天凝地闭,它也恣意伸展着挺拔俊秀的腰身,那样深沉,那样无畏。而那随风飘扬的枝条,更像一个温润如玉的身影;那随风飘扬的枝条,更像是手握画笔的创作者在天地间挥洒。我静静地伫立在这挺拔的身姿前,认真凝视它的"字里行间"。

  也许,每一场遇见,都如优美的旋律里隐藏着的吸引那样激荡心魂,那灵魂间的震撼与吸引,让你无法抗拒与这世界热情相拥的温暖。我会静静守候这一遇,直至无数个春到冬,任岁月流转,不忘初见时的模样。春日,看它轻扬微笑;夏日,看它枝繁叶茂;秋日,看它随风舞动；冬日，看它卓然而立。也不知这冬日，这棵孤独的树，是否也在期盼与我的相遇？好在我们可以彼此对视，认真欣赏……

时间就是生命

时光飞逝,宛如白驹过隙,快得令人心悸,有时令人不知所措,甚至是焦虑不安。时间去哪儿了?还没好好享受青春的无忧,怎么就得面对未知且短暂的余生那些诸多的无奈?人莫非只能在混沌迷茫中匆匆前行?又有几人明白,流逝的不是时间本身,而是我们自己生命的过程?

胡适说:"人生就算是做梦,也要做一个像样子的梦。"与其终日冥想人生有何意义,不如试用此生做点有意义的事⋯⋯

时间就是生命,因为它的有限,因为它的短暂;时间就是生命,它一分一秒地流逝,就是我们更接近生命尽头的计时器;时间就是生命,因为它的珍贵,人们才懂得珍惜眼前的幸福,珍惜身边的人。

英国著名哲学家斯宾塞曾说过:"必须记住我们的

时间是有限的,时间有限,不只是由于人生短促,更由于人事纷繁,我们应该力求把我们所有的时间用去做最有益的事情。"而那些有益的事情又是什么呢?有多少人会拿出自己的生命去和上苍交换?

有人说,有益的事情就是好好学习,获取优异的成绩;有人说,有益的事情就是为身边的人带来快乐;有人说,有益的事情就是读书。一百个人有一百个说法吧,这足以证明时间的重要性和意义,它足以让我们喟叹人生的曼妙、生命的绚丽。

如果时间就是生命,那么,每个人的时间都会有成本,那些愿意付出自己的时间甘心去陪伴他人的人是不是更加难能可贵呢?那么,被陪伴的人,是否会动容?是否会触动心灵?还是无动于衷,甚而会觉得理所应当?那些动容的人,是会当面悲戚,还是背后默默感动流泪?那些触动心灵的声音,是会换来优美的赞颂,还是把这一颗为自己奉献的心灵安放在自己的灵魂深处默默守护?那些无动于衷的人,是想着终有一天会感恩戴德给予回报,抑或置若罔闻?这即是人性的不同,无所谓好坏。人生其实就是一种选择,选择不同,拥有和失去的东西便不同,各有风采悲喜自来……

法国作家圣埃克苏佩里曾经写过童话《小王子》,其中有一句话非常耐人寻味:"是你为你的玫瑰花费的时间,使你的玫瑰变得这么重要,对于你使之幸福的东西你是负有责任的。"是的,无论时间如何重要,但有一点我们必须承认,我们的时间一定都花在了愿意为之付出的人和事上,无论遭遇了多少坎坷和艰辛,无论遭遇了多少挫折和磨难,只有内心深处的自己最清楚,我愿意……

不是吗?

有"情侣路"的城市

苏东坡比西湖为西子,那么,西湖的湖光山色便被诗人描绘得有了江南的气息,瞬间袅娜娉婷婉约清丽,让人产生无限遐想。而这珠海的山水,又要被如何比喻,才能直抒胸臆,让旅者嗟叹不已呢?我更愿意给它赋予活力,盼望它拥有朝气勃勃的生机,就像千百年来在这伶仃洋边休养生息的渔女一样,朴素、坚韧、热爱这岛屿的城郭。

有"情侣路"的城市就是珠海,闻名遐迩。这条世界上最长的海滨观光路全长37千米,碧海归帆,蜿蜒逶迤。

早餐后,漫步在长长的情侣路上,自是惬意至极,隔海相望便是澳门特区,一碧万顷,海浪不总会是歌唱的,除非你激起它心中的涟漪,这自然歌者的旋律总是自命不凡,谁又能意料到它突然地兴起呢?此时,我才真正感受到海浪滔天般的轰鸣,但并不刺耳,惊涛拍岸而起。总会让浪开满了白色的花,浸染着岸边屹立着的岩石。独自走了许久,却只见一只鸥鸟站立遥望,时而拍击翅膀盘旋而升,时而落脚于岸边的岩石上,我走走停停,它也循着它的感觉起起落落。它飞得轻盈缥缈,我便思绪云骞;它静默,我便趴在海边的护栏上观望。就连海边的兰花草都对此兴趣盎然了,这紫色神秘且优雅,如此热烈的静候,俨然已经笑意盈盈了。夹竹桃坚贞不渝地怒放,使我心生欢喜,谁让这伶仃洋的世界充满了无限美好……

这么长的情侣路上,可不单调啊。这里有爱情邮局,人们自可以用各种方式来纪念自己的爱情,浪漫的"爱情守护塔",融入了地中海式的海洋元素,可以激发许多浪漫的想象,如果愿意继续漫步情侣路,你一定会看到那一座"渔女雕像",人们是这样形容这雕像的:"领戴项珠,身捎渔网,裤脚轻挽,双手高高擎举一颗晶莹璀璨的珍珠,带着喜悦而含羞的神情,向世界昭示着光明,向人类奉献珍宝。"为了爱情,来一趟这有"情侣路"的城市,你会不虚此行。

活在当下

　　人间忽晚，山河已秋。这落叶纷飞、秋水盈盈间有一丝淡淡的忧伤淡淡的温暖，这金风玉露里夹裹着浓浓的思念，一场有颜色的寂静，幽僻的林下才会有的娴雅，独有音乐才会让有一些人妙笔生花。谁说这秋日只有衰败？这是成熟后的谢幕，那样优雅，这落叶虽已枯黄，在我看来却是另一种凄美，飒爽的秋风萧瑟而过，飘然而至……

　　立冬也才两天，便时过境迁、物是人非，冷空气肆虐欢呼，人不也慢慢适应了吗？这世间本就无对错，位置不同，结果就会不同。鲁迅说过："人类的悲欢并不相通。"别指望所有的人都能够体谅你的心情。这世间所有矛盾的产生，都源于我们站错了地方。以心换心方得真心，以情换情方得真爱，这是做人的最高境界，也是人世间最高级的善良。人善了，心安了，人生之路才会越走越好、越走越宽。只有那些德行端正的人，才能笑到最后……

时间是生命最好的诠释，四时更替，阴阳变化，无论何种，活在当下。

当一样东西寄托了感情和思念，它就突然有了灵魂和意义，和你我一样，成了独一无二的存在。这个世界好比一座大熔炉，烧炼出一批又一批品质不同的物件，随即便又生出了不相同的灵魂。世间纵有千般滋味，也要认真体味。对于我来说，一万个美丽的未来，也抵不上一个温暖的现在。

无论何种，活在当下。

活着，过一种有意义的生活。

我极喜欢艺术大师黄永玉先生，先生曾说过："生命中一定要有所热爱，活得丰盛热烈，而不是按部就班。"

说到底，灵魂与灵魂之间，即人与人之间，是精神与思想与情感的碰撞，应贵在理解！一切皆随缘随心……

人生就是一个不断失去的过程，遑遑光阴数十载，已是上苍给予我们最好的礼物，让命运的归命运，时光的归时光吧……

由"吃"想到的

生命不可能有两次,但是很多人连一次都不会把握。我可能生得平凡,但我一定努力活得精彩。烛光晚餐颇受双鱼座的我喜欢,餐食不一定非要奢靡,哪怕一片面包一杯牛奶,也要让它在形式上符合自己的品位。因为热爱生活的浪漫情怀,已经融入骨髓,还是主张要活在当下,过简单的日子,把握自己的生命质量,每每有吃食的时候,我必然要思忖一番人生之大道理,因为吃无小事。越是简单朴素的东西,才越彰显人性。

人往往是由喜及悲,快乐与痛苦何尝不是一对双胞胎?没有幸福做衬托,谁懂得人生的痛苦及忧郁为何物?没有苦恼做底色,谁会珍惜曾经的愉悦与美好?人生的苦恼啊,有谁能够逃避!每个人都会有苦恼,而这苦恼无非是人生必有的缺憾,这种缺憾无法改变,无法抗拒,无法逾越,它就在那儿。那些不该有的迷茫,必是人产生苦恼的另一个罪魁祸首。这迷茫,即使再有深刻的思维,也无法用语言表达出来,无法自拔,无法言喻。这些医治不了的问题,只能选择宽慰,或是启用宗教信仰来宽慰人心。而我只愿意相信哲学的沉思,想得通透了,知道自己需要什么了,会努力去追寻,尊重自己内心深处的声音,安抚好自己的灵魂。别在乎别人日日笙歌燕舞,美酒佳肴,符合自己人生的需求,才是最适合的。

简单的生活观,简单的日子,乐来欢喜,苦来甘愿,才能在生命的旅途中,坦然面对人生无常,宠辱不惊,是对命运最好的态度,而唯有灵魂淡然者,方可得之,所以活得好与不好,与吃的是否为饕餮大餐并不直接关联。一个人只要热爱生命,善于品味生命固有的乐趣,同时又关注灵魂,善于同伟大的灵魂交往,即使在一个无趣的时代,他仍然可以生活得有趣。

苏轼有云:"人间有味是清欢。"尝遍了世间滋味,也就懂了人生冷暖;看透了人生冷暖,便开始喜欢淡淡的人生。如同你仅仅是喜欢在烛光下晚餐,哪怕只吃一片面包、只喝一杯牛奶……

由"梦"想到的

一念花开一念花落,一念成佛一念成魔。

当潜意识变成了梦魇的时候,你就是经历过了灵魂的淬炼。

昨晚的梦境对我来说是一种神奇的体验,被象征地狱、象征黑暗、象征恐怖、象征来自地下的神秘而强大的力量牢牢抓住,并不断地向下撕扯,我的身体被来自洞穴里的未知物吸入地下,急速地、有力地沉落。当我在惊恐中、在无奈中、在无力中呼喊、挣扎、努力挣脱时,猛然抬头,却看到天空现出了明净温暖的光亮,云层被渲染出一道道金边,天空中伸出一只大手紧紧地拉着我,似乎在给我力量,这力量远远大于来自地下、来自黑暗的那股力量,我便在这互为相反方向的力量中挣扎醒来,顿时感到浑身无力、瘫软,却又瞬时放松。这奇梦耐人寻味!这生命的陨落和存活其实就在一刹那间而已。

  虽为一个梦,却也值得我认真思考。毕竟做梦本身很有意义。也许,在现实生活中它会成为我们的灵感,也许,有一种愿望在我们的潜意识里并没被我们发现。而我,却在我的梦境里看到了压力,看到了我内心的力量。从另外一个角度来看,我需要的仅仅是感受、发现、坚持,只要有信念有毅力,愿意努力的话,任何事情都会有一个比较满意的结果,正所谓什么样的思想指导什么样的行为,有因必有果,种善因结善果。这世间本就无对错,位置不同结果就会不同,这么一个梦,告诉我,树立自己的三观很重要。

我想为爱而活

曾经读过米兰·昆德拉的《不能承受的生命之轻》，感受很深。他写道："人永远都无法知道自己该要什么，因为人只能活一次，既不能拿它跟前世相比，也不能在来生加以修正。没有任何方法可以检验哪种抉择是好的，因为不存在任何比较。一切都是马上经历，仅此一次，不能准备。"

只有深入地思考，才能让自己在行为中明白活着的意义是什么。我们到底该怎样活着？为什么而活着？我只想说：我想为爱而活着。因为当我毫无准备地来到这个世界时，没有预知，没有排练，一切都是发生在当下。我活了下来，因为被爱而活了下来，我所能感受到的生命的情感首先是被爱所包裹起来的温暖，我在不断地感受和体验爱的过程中成长，我的生命中充满了爱，无时无刻不充满爱。

而关于爱，每个人的理解都不同，但是又有共性吧？我想，没有一个人敢自称自己不需要爱。真正的爱是长期和渐进的过程，这意味着我们一定要不断地自我完善，这意味着心智的不断成熟。是的，不会有人说自己不需要爱，但是得到真正的爱却是多么不容易啊，甚至任凭怎样努力，也许都会因时运不济而不可得。得到真爱的是幸运和幸福的，得不到的人，却有多种方式来祭奠自己的情感：有人放弃追求，有人悲观失望，有人将对于爱的期盼与渴望压抑在心底，有人会因为无爱而报复社会……

人对于爱是多么渴望，只有人类自己才懂得自己的感受。如果有一个亲密的人，可以共同经历一段历程，不渴望从始至终，但会认真对待当下，这美好的体验应当是上天最好的恩赐吧。生命的本质是运动，包括情绪，包括意识，包括各种情感，所有的一切都不是也不须一成不变，如果有幸共同拥有甜蜜的关系，这恐怕是最高级的爱了。做最好的自己才能遇到最好的别人，思想与精神火花的碰撞非常自然，这便是人与人之间的吸引力，而吸引力也是原始的、不被社会意识所影响的……当然，这不是普通人所能理解和做到的。如知音难觅，如真爱难求……千万别去妖魔化爱情。喜欢与爱是两个人的事情，单方面的喜欢都是畸形的。

喜欢是乍见之欢，爱是久处不厌；喜欢是想占有，爱是愿意付出。

真正的爱可以让人产生源动力。爱是不需要理由的，不爱才需要，但爱却是需要方式也需要知识的。吸收别人的经验丰富自己的世界，但千万别固执，体验和经验尤其显得很重要。一个没有爱过的人，不能称其完整的人，因为生命本就是因爱而生……《礼记》中说："有深爱者必有和气，有和气者必有愉色，有愉色者必有婉容。"所以，有意识地去修正自己，陶冶情操，终会换来容貌上的改变，而深爱更显示出其重要性。

著名心理学家佛洛姆在《爱的艺术》一书中曾写道："对于爱的艺术来说，爱就要有活动性。爱是一种活动，如果我在爱，我就处于一种密切关心被爱的人的状态之中，而不仅仅是限于一种情况。"人类终其一生，都是在为爱而活。

的确，人生命中有很多需要去做的事情，我们不可能所做之事都会以获取爱作为原动力,但有些人刻意排斥某一种东西,包括爱,那是因为他在和自己的内心世界较劲,他在惩罚自己,否定自己内心深处的真实想法……最好的办法是不要去逃避,也不要去回避,更不要去否定,莫言写道:"人生四然:来是偶然,去是必然,尽其所然,顺其自然。"世界应该允许各类人按自己的方式活着。

而我,只想在有限的生命中,让爱常驻心间,尽情地温暖自己,继而温暖周遭的世界。

我想为爱而活。因为我值得。

给热爱诗歌的人

亚里士多德,古代先哲,堪称希腊哲学的集大成者。他几乎对每一个学科都做出了贡献,他曾说:"艺术的最高形式是诗,而诗的最高形式是悲剧。对立的和谐,形成的统一才是最好的,更容易有最好的体验成为真正美妙的人。"

诗,无非用直觉、体验、想象、启示来与自己的内心沟通,只要你愿意表达,只要你有所表达,那么,请让你丰富的想象力与联想力甚至是幻想力带着你在思想的天空中遨游吧!因为只有诗歌才可以让你内心的情愫喷薄而发,才可以让你在言语的韵律中得到升华。一个渴望无限的心灵难道还要受狭隘分工的束缚?不管你是谁,你在哪里,你在做什么,你要去哪里,请让诗歌与哲学完美地相遇,你的灵魂便会被直击。没有诗歌,哲学会变得枯燥;没有哲学,诗歌也会变得娇弱。

我喜欢诗歌，喜欢用这样一种方式抒发我的情感，我喜欢哲学，喜欢它陪伴我思考和探索，使灵魂得以自由自在地抒发……探求人性的本质，用诗歌作媒介，以此来热爱生活，远比评论或者针砭时弊更有意义些。

勃朗宁夫人用诗歌赞美爱情，叶芝用诗歌祭奠爱情，济慈用诗歌渴望爱情，普希金用诗歌编织爱情，这所有的一切，都是诗歌在唤醒贮存在我们心灵深处的高洁的精神。此篇献给那些热爱诗歌的人！

后　记

包明德

让霎那间的闪光留下永恒

2022年2月16日，作者伊人偕两位诗友，辛苦地把她的诗文集《我行我素》的稿样面送给了我。我与伊人暌违已近三年。我们第一次见面是2019年初秋，借一次文学、艺术界人士在京活动之机，伊人邀约电影艺术家斯琴高娃、马头琴大师齐·宝力高和我等七八位朋友小聚畅叙。当大家谈论诗歌创作是言为心声、有感而发时，伊人插进一句话："是的，正因为那霎那间的闪光而留下永恒！"

现在，当我拿到她的诗文稿《我行我素》之际，联想起当年的景况，随之，怀着揣摩诗文、读懂作者的郑重好奇的兴致，认真阅读了这部诗文作品集。

常言说"我以我手写我口",读过伊人的诗文,我更深切地领悟到,她的诗歌不是口头表白,更不是无病呻吟,而是从路口、风口、伤口和笑口,特别是从心灵的窗口映射的生命律动和生活歌吟。

先哲说山林原野"实文思之奥府",屈原所以能洞悉、领略和呈现《风》《骚》的精魂,乃是"江山之助"。伊人生长在内蒙古,生命的根深扎在草原上。特殊的生活环境与生命的体验,使得她的诗文挥洒着浓郁的民族和地域的特色。民族性与地域性是文学艺术审美的原点。例如:"在皑皑的冬季/在银装素裹里打马驰骋/呼伦河上的冰雪哟/我常在梦中思念你"(《爱你在冬季》);"我在苍穹之上/插上了金属的翅膀/从最北方到最南方/把希望寄托在织锦出的霓裳"(《我在苍穹之上》);"我从花下走过/花的芳香沐浴过我/我从初夏的暮鼓声中走过/向杨柳枝上的燕雀告别"(《旧日》)。

当然,文学的民族性不是静态的符号,也不是孤芳自赏的藩篱,而是走向更加壮美的依托和原点。只有放开眼界与脚步,走出狭隘,迈向辽远,才能得到更高更美的升华。伊人的心灵、步履与思索永远在路上。她博览群书，古今中外；她"流浪"四方，北国江南。从苏东坡、王阳明、曹雪芹、鲁迅、胡适、戴望舒，到柏拉图、亚里士多德、斯宾塞、普希金和米兰·昆德拉，很多文学家、哲学家的书她都如饥似渴地阅读，并专情地徜徉在其中。同时，她非常尊重当代的著名作家、艺术家，热心求教。读者可以在阅读中感到，伊人的诗文中游走着鲁迅的忧思，充溢着约翰·济慈的浪漫、芬妮·布朗的纯真以及戴望舒《雨巷》的韵致。

作品《我行我素》辑录有诗歌，也有散文。作为非虚构文学创作的散文源远流长，从春秋战国时期的诸子散文，历经唐宋，及至近现代，出现很多散文大家和名著。但是，散文文体的界定与演进过程比较漫长，文体的突破与创新也不显著。正如一位评论家所说，"拥有强固文体意识的作家不少，但是对于这样一种文体进行拓展的并不多"。《我行我素》从春之梦、秋之咏与冬天之爱，从北到南，从梦境写到现实，写到思想，抒发了爱恨情怨。作品"密则无际，疏则千里"，无所羁轭，纵横抒发，透映着作品从自然到人生，灵魂的求索，情感的挣扎，美好的向往。

作者有诗句道,"我是一片叶/凡尘的天使天上的人间/我是一片叶/与你分别在沉寂的草原"(《这只是一片叶》),这令人想起惠特曼的一句话:"我相信一片草叶不亚于星球的运转。"这话说得颇有深意。我们不仅要珍惜每个生命,爱护自然,更要呵护人们的心灵,理解文学的功能,尊重诗人作家的辛劳与成果。

2022年3月 北京

(包明德:中国社会科学院研究生院文学系教授,中国当代文学研究会顾问,第十一、十二届全国政协委员,文学评论家)